我在這裡

擱淺

有人看到，但沒人知道

知寒

那麼多人看到你的光鮮亮麗，
卻沒人知道你的擱淺傷心

嘿，現在翻開這本書的你，那裡是幾點呢？是早上、中午還是晚上呢？我該和你說聲早安、午安或是晚安才好呢？你那裡天氣好嗎？是晴朗舒適的好天氣嗎？是陰沉地讓人害怕下一秒就會下起雨來的天空？還是已經下了不小的雨？如果是在夜裡，今晚看得見星星嗎？月亮又會是什麼模樣？

我好奇這些問題的答案，因為這本書寫的就是這些再平凡不過的事情。或許習以為常、或許重複，但絕非不再重要：有關時間、有關天氣、有關不管你是否細心去觀察、去感受，都還是會照常運行的這個世界，也有關這個世界眼中的你。

每一個人對於時間與天氣，就算在同樣一個空間裡，有能稱得上是絕對客觀的標準時間與確切的溫度測量，都還是會有著主觀而不同的感受。有些人高領毛衣、有些人短袖 T 恤，有些人嫌時間好慢、有些人怨時間不夠。

而有些人有著自己的時差，外在的你跟著季節、年歲更迭不斷

前進，內裡的你卻停擺在某個回憶的場景裡已經好久、好久。

有一些困境一開始是不想要對別人說、覺得自己一個人總會慢慢好起來，後來則是已經不曉得該怎麼說，只能一直拖著。

於是，有那麼多人看到你的光鮮亮麗，卻沒人知道你的擱淺傷心。

我在這本書的 8 篇故事裡，試圖記錄同一片天空下的 8 個不同角色，擁有同樣的時間，不一樣的情感、生活經歷，卻處在相似的困境。他們可能和你、和我一樣，「過」得或許還算好，但只有自己才知道，其實把自己「活」得多糟。

坦白地說，相較於前一本書的創作過程而言，這一次遭遇了滿大的難關。並不是沒有相關的題材、靈感，也不是時間上顯得緊迫，而是我自己有點抗拒、甚至是害怕再寫一本新的書。

因為我的第一本書《總在說完晚安後，特別想你》很幸運地在出版後取得還不錯的成績，非常感謝三采的出版團隊給了我很多幫助與支持，同時我也完成了約莫二年前我給自己設下的目標：「希望在 25 歲以前，出一本自己的書。」其實是值得開心與驕傲的事情，但也帶來些許壓力。

在新書發行不久後，陸續就與出版團隊有了關於第二本書的討論，包括書寫的方向、內容的體裁等等。雖然幾次的會議裡，一次一次地都比上次更明確、有了更實際的定位，可當我又回到一個人的寫稿時間裡，打開嶄新空白的 Word 頁面，卻一個字也寫不出來。

我很害怕。

我害怕第二本書表現得不如第一本書，我害怕其實我已經寫不出來比以前更好的東西，我害怕寫出來的都是些重複的、不會被喜歡的文字，我害怕繼續創作以後無可避免的比較，我害怕

我已經不夠好。

所以我逃跑了。

躲著編輯大概長達四個月的時間，終於在距離上一次開會討論三個禮拜過後，忐忑地交出了這本書的第一篇文稿，然後得到在那個當下真的特別需要鼓勵。在那天之後的一個月裡，如火如荼地把剩下的七篇故事都完成。

說真的，從寫稿的時間一直到寫完的現在，我都還會不斷地看上一本書的內容，和你即將要看到的這本書做比較。我還是沒有辦法很自信地告訴你，我覺得第二本比較好，或是我真的有做出什麼明顯的進步，但我可以保證的是：

「這兩本書都是在那些階段裡的我，能夠給出的最好文字與故事了。」

我不夠好，但我盡力了。

如果說我私心希望這本書能帶給大家什麼實質上的意義、讀完之後有怎麼樣的反響，我希望那會是能夠更誠實地面對自己，去看看在心裡或許躲貓貓躲了好久的那個自己，去抱抱他、去和他說話、去告訴他：

「對不起，花了這麼長的時間才來找你，到現在才有勇氣接住你。現在沒關係了，我們一起走吧，以後再難、再累，都一起走吧。」

———— **知寒**

錄目

我們都有病

/ 永遠

以為會一起走到很遠的人
原來不知不覺裡
已經有了停下來的想法
或是那些曾經一起討論過的將來
你已經又許給別人了
永遠不一定是假的
只是我和你走不到了

手機螢幕已經碎了好久。

因為修理螢幕的價格實在滿高的，去除掉各式各樣的生活花費以後，我並不願意再花那筆錢只為換個完整、順眼的螢幕，一來是它還堪用，二來是所謂「一回生，二回熟」，我沒有自信換了螢幕以後，自己能保證不再摔到它，所以倒不如讓它維持這樣。

從最開始的心痛、難受，不適應畫面裡有多餘的瑕疵，還後悔自己當時怎麼就沒有多花點錢去裝個滿版的鋼化保護貼，到後來已經能開玩笑地和朋友介紹起這個堪稱是「藝術」的裂痕。

很多事情總是這樣的，當下再強烈的情緒也終究會被時間沖淡，畢竟，生活是很看重「優先序位」的——交得出房租比修理手機螢幕來得重要、上班比失戀來得重要。

不管我們願不願意、準備好了沒有，生活裡發生的一切並不會

有條有理地排好隊一件一件接著來，更多時候它們都像是約好似的同時發生，所以排出順序很重要。一個人擁有的時間和資源有限，什麼都要，只會什麼都要不到、什麼也做不好。人總能夠、也必須能夠找到那個適合自己、同時能說服自己的方式，來壓下或選擇性忽略某些既定事實所帶給自己的後果。

最近感覺自己又回到高中時的狀態，並不是實際意義上的「回春」，只是突如其來的多愁善感。看到明明已經習慣了的手機螢幕，居然也會聯想到我們的關係。心裡有個念頭不斷竄動，像是看牙醫時害怕某種儀器刺耳的高速轉動聲在口中輕觸，卻幾乎要直衝腦髓的意象，已經無法確定是真實的疼痛或是對於疼痛的想像超越了現實：

「我們，是從什麼時候裂開來的呢？」

我們都有錯

　　正式分手的第三天，情況沒有想像中的糟糕，沒有哭到眼睛腫得無法見人、沒有失眠、沒有暴飲暴食，也沒有吃不下東西。

　　早上鬧鐘響後照常賴床了大概二十分鐘，刷牙時沒把洗面乳當作牙膏，出門前戴上口罩可以省下很多和陌生人照面時需要做的禮貌表情，公車司機是平時常見的那位有男性禿、聲音洪亮的伯伯，在接近公司門口約十公尺左右向警衛阿姨點頭說早安。

　　世界照著它該有的樣子運轉著，我照著世界期待我該有的樣子運轉著。

　　我們認識八年，交往六年，為了當時到底是誰先喜歡上誰的問題爭論了不下十次，包含生日、節日及各式各樣紀念日等等，寫過也收過五

十張以上的卡片，一起到電影院看過超過一百場
電影，在共同編輯的 Google 地圖裡一起去過的
餐廳加景點超過一百個。

　　這些累積，或許有一天會被兩個人都忘記，
但留存在日記本中的票根會記得、卡片裡寫下的
祝福或心意會記得、去過的不管喜歡或討厭的餐
廳會記得，記得一部份的我們、記得那時還好好
的，我們。

我們都有錯

週一的早晨，部門維持週一該有的氣氛，死氣沉沉。

每個人到公司以後的標準流程都差不多：和周圍同事簡單地打聲招呼，放下包包、迅速查看座位附近的環境。接著，就得坐在電腦前面四個小時，中餐可能都沒有多餘時間吃，就連去廁所都得小跑步才行。

因為在一週一次的下午部門週會中，所有人都需要整理上週含週末的相關數據，得向主管報告所結算出的準確數字，並且說明自己在該週表現中的發現、洞察等等。

平時總是熱絡的聊天群組，也會在週一早上時，變得冷清。大家都各自戴著耳機，各自敲著鍵盤，各自想著事情。

2019.10.14/Mon
開始只能回憶的第 3 天，天氣陰沉

　　我記得和你說過，我其實喜歡、甚至享受這
樣的週一早晨，相較於週間的其他時段，此時顯
得特別安靜、容易專心，也特別有效率。那時你
笑著回我：「我覺得單純只是因為妳週一的起床
氣特別嚴重，如果前晚沒睡好或是不小心又滑手
機滑太晚，就會更糟糕一點。然後妳一有起床氣
就不想跟任何人說話，所以妳才會認為妳很喜歡
那時候的安靜。」

　　「少在那邊覺得自己真的多認真工作。」你
又補上一句。

　　雖然後來你意識到了你說完那些話時，我嘴
角漾起的危險笑意，但真正想跑的時候卻已經來
不及，還是遭受了惱羞成怒的我的攻擊。「被擊
倒」後的你躺在床上假哭，我帶著一點歉意和依
舊傲嬌的表情，輕輕揉著剛剛好像不小心捶得太

用力的地方，嘴裡叨念著：「都在一起這麼久了，你不知道有時候對女生說實話是很危險的嗎？」

　　你還是把頭悶在枕頭裡，傳出有些無辜的聲音：「我以為只有在談到體重之類的話題，才需要說謊，結果……啊！」實在沒忍住，又把正在按揉的手改成捏的姿勢，你總是學不會教訓呢，有點欠揍、有點可愛。

　　或許你還是有聽進去我的話吧，你記得說實話是危險的，可是你也不擅長說謊，所以後來你才會乾脆什麼話也不說，寧願沉默，以為不開口，就不會傷害我，還期待我自己看破。

我們都有錯

部門週會結束，大家零散地離開冷氣強得嚇人的會議室，幾個人留著準備接下來的其他會議，剩下的人則在瑣碎談話裡回到彼此的座位上。

總算能夠比較放鬆地吃中餐了，邊打開餐盒的蓋子，邊思考著剛剛週會裡報告的內容，有什麼是近期內能夠改善的地方。拿出前幾個月我們一起到 IKEA 買的木製手機架，將畫面切換到 YouTube 裡隨意一部有興趣的影片開始播放，不著急地吃著中餐，搭配上剛開完會的愉悅心情，愜意得可以。

用完餐後，在茶水間清洗餐具，正巧遇見了其他部門裡同期進來的同事要來裝水。

「嗨！最近過得怎樣？還好嗎？現在才吃中餐也太晚了吧！」她其實是我最羨慕、卻也最應付不來的那種人。可以很快地融入一個新的環境、交到新的朋友，而且能夠和不熟悉的人自在地攀談，卻又不會讓人感受到刻意，她不管說什麼、做什麼，

都會讓人覺得她是很真心的，不帶有任何目的性。

可能是因為心裡太渴望自己能成為這樣的人，所以當她出現的時候，我總感覺彆扭，有點像是某種對於偶像的距離感、又帶點嫉妒，嚮往的同時卻明確地知道自己永遠也無法擁有那種性格，善良真摯、氣質動人。

我相信人是可以因努力而去改變自己，但也相信改變是有其極限的，像是顧城曾經說過：「一個徹底誠實的人是從不面對選擇的，那條路永遠會清楚無二地呈現在你面前，這和你的憧憬無關，就像你是一棵蘋果樹，你憧憬結橘子，但是你還是誠實地結出蘋果一樣。」

像她這樣的女孩，才最適合你吧？

我們都有錯

　　在我們真正要結束的倒數兩個月時間裡，我其實活得很不像自己。起初在面對那種不知來由的疏離感時，我以為可能只是因為你剛到台北來工作，在適應新環境和新同事的過程中，有較多的壓力以及你給自己的期許，想要盡快做出一點成績，所以才比較忙、比較沒辦法像之前頻繁地訊息來往。雖然有點不習慣，在突然變動的相處模式裡多了點不安全感，可我還是告訴自己，應該要相信你、要多給你一些空間。

　　因為姊弟戀的關係，相差四歲的年紀，就算不刻意去想、去提醒自己，還是會在心裡有些警惕。畢竟已經不再擁有年輕女孩的青春活力，所以取而代之的就得是相對成熟豁達的感情觀與信任，就算事實上我並不是那樣大度，並不是真的什麼都不在乎，關於你的交友、關於你的冷淡、關於後來拆散我們的那個她。

曾經當我們還在熱戀期時，有天晚餐後的散步，牽著手的我們聊起彼此感情過往，你說你整個高中時期都暗戀隔壁班的一個女孩，但直到畢業都沒敢向她表白。上了大學以後，遇到了我，才談了人生第一場戀愛。我也坦誠地告訴你，在和你交往以前，我曾經有過兩任前男友，但結局都不算太好，所以就算是遇到了像你這樣的理想型，也相處了兩年才慢慢打開心房，想要和你再試試看。

　　當時我輕輕把手鬆開，走到你面前，把手背在身後、面向著你倒著走，開玩笑地問你：「欸，你會不會覺得這樣不太公平啊？如果我們可以走到最後的話，那這輩子你就只有和我在一起過，你會不會覺得沒有和別人比較過，有點虧呀？」你聽出我語氣中的戲謔，於是作勢把頭斜過一邊，做出認真思考的表情：「這個嘛……好像是

我們都有錯

有這麼一點遺憾吼！我怎麼感覺都沒有什麼玩到，沒去過聯誼、也沒去過夜店，就已經栽在妳手裡了。經妳這麼一說，我才覺得有點虧了。」你不以為意地笑著，我將身體轉向前面，走著、聽著。

「如果啊……我是說如果啦，之後啊，你真的遇到覺得比我更適合你的，可能和你年紀差不多、比我更能讓你開心，你可以和我說，我會……」低著頭走，我的話說到一半，還在想著怎麼表達我的意思會比較合適，突然你從背後抱住了我，雙手自然交叉地擺在我的胸前，右手手掌扣在左手腕骨的位置，比起擁抱，或許更像是「抓住」了我。

「我剛剛是開玩笑的，妳沒聽出來嗎？我要在這裡鄭重申明，我不會、不想也不信可以再遇

到比妳更適合我、比妳更喜歡我的人了！而且妳明明就這麼喜歡我，到時候妳真的捨得放我走嗎？所以，我就當作剛剛妳什麼都沒說過！作為封口費，妳要主動親我一下，這裡這裡！」你繞到我身前，用我看過你最認真的表情說了這些，最後用手指了指你右邊的臉頰，把臉側過一邊，嘴角微揚。

實在看不慣你那驕傲的嘴臉，於是先輕輕給了你一巴掌，在你震驚地撫著臉頰的時候，踮起了腳吻向你的嘴唇，閉上眼睛，仔細感受眼前這個人是這樣愛我，而我也同樣。

到了交往後期，平淡的日常對我而言，可以視作邁向下一個階段的前哨戰。不再有那麼多的激情、不再莽撞地去用一個人的角度來思考事情，而是把另一個人謹慎小心地放進自己下半段

我們都有錯

的人生，比起無所限制地去享受當下的生命，更多的會是柴米油鹽醬醋茶的煩惱。但這些對你來說，好像真的、真的太遠了，和對方組成家庭、被婚姻束縛，並不是現在的你想要的結果。

你並不是不愛我了，可是你也不知道該怎麼向我說明。太過自以為是的我覺得多給你一些時間與空間，你總會想通，卻只是讓你更容易多想、有了更多壓力。

跳出關係外、隔開一點距離後再回頭去看，其實是我沒能在你想要逃避的時候，試著多去關心、了解你；是我以為成熟就是給你自由、以為平淡溫馨的日常是兩個人都希望的結果，卻忘了最該做的是讓彼此都能傾訴心裡話；是我把心放得太遠，才讓你愛上別人。

我們都有錯，可是知道錯在哪的時候，已經
來不及挽留。

我們都有錯

「嗨！好久不見，最近還好呀！因為剛剛開完週會，整個上午都在整理數據沒時間吃飯，所以現在才吃飽啦！」快速地寒暄過幾句之後，就說了掰掰，各自回到位置上。

週一的下午相較於高強度的早上，顯得有些冗長，寄出每日的排程表單後，就在與同事的聊天中度過了。將隔天的待辦事項整理在一旁的白板上，將筆電的充電插頭拔掉，背起包包就準備下班。

搭上電梯後，與兩位較要好的同事在裡頭閒聊，我們每週都有一天下班後，會各自和男朋友晚餐約會，一個同事固定週三、另一個則是週五。

「今天禮拜一，約會日！妳要和男友去哪裡吃飯啊？」照著鏡子稍微整理衣領的同事開口問了我一句，我愣了一下，笑容有些僵硬。

我們都已經分手快三個月了，我還是沒能把這個謊給戳破，還讓她們覺得我們依舊穩定。隨口幫你找了一個理由，說你今天要加班，約會取消。

「蛤？一週一天而已的約會日，他居然還要加班！你們是不是吵架了啊？」倚著電梯內欄杆、正滑著手機的同事做了一個貼近事實的猜測，只是我們比吵架更嚴重一點點。我則是連忙解釋說並沒有，前陣子已經吵夠、也冷戰夠了，最近不打算再吵架了。

這我真的沒說謊，已經沒辦法再吵了。

電梯抵達一樓以後，原先應該要和她們一起左轉走去捷運站的我，沒有遲疑地右轉準備去搭回租屋處的公車，和同事們揮手說了明天見。外頭的天色已經暗下，路燈一如既往地亮著，第二個街口角落的便當店禮拜一照常公休，人行道對面的花店門口擺出了幾盆新的聖誕紅。

手機螢幕已經碎了好久，等公車的時候，突然覺得是時候拿去修了。上網查了查價格，還是有點心痛，還是可以自己決定為了這點事而心疼，或許還算不錯。

下一次如果我們還會見面，那時候它就會是好的了，那時候我就會是好的了。

我不能傷心

／ 適可而止

喜歡的歌單曲循環了幾百遍
吃到飽餐廳加上甜點吃了四輪
睡覺前檢查鬧鐘設好了沒三次
面試的襯衫一共熨過兩回
鬍子一天最多就刮一遍
聽膩了、吃不下了、
確定過了、已經好了
只與我一個人有關的
我一個人能適可而止
但不一定

有一些我覺得停下來比較好的事情
停下來了
沒有比較好
再也沒有變好

「啊，靠！」

原先擠好在牙刷上的牙膏意外地墜落，顆粒狀的純白在絕對不算乾淨的洗手臺上顯得刺眼，像是小孩子偶然失手而掉落在柏油路上的一球香草冰淇淋。

根據食物掉到地上的「五秒原則」，本著不浪費的精神，我心裡確實閃過要將不幸墜樓的牙膏上還沒接觸到洗手臺的部分回收利用的想法，但又經過了零點五秒的考慮後，還是默默地和它說了聲抱歉，硬是從已經枯瘦得不成「膏」樣的抗敏感牙膏中再擠出一丁點來用。

　　「……每條牙膏，都好比是一位馬拉松跑
者，每當你覺得它已經用光它所有的潛力和毅力
時，你換個角度再擠它一下、再換個角度多用力
一點，它就會讓你發現，其實它還有無限的可
能！你看看，連牙膏都這麼努力了，你怎麼
能……」

　　想起某個平凡的早晨，妳一臉正經地說著幹
話的模樣。只是不久以前，卻已經覺得很遠、很
遠了。

　　兩個人設定的手機鬧鐘都已經響過一次又一
次，我們卻還是賴在床上，沒有半點想要起來的
意思。昨晚好像不小心把冷氣調得太強，一早醒
來雖然還是被棉被緊緊包圍，卻還是有些涼意，
就算抱著彼此也覺得冷。

我不能傷心

旅館的浴室並不算大，一次只能容納一個人
進去洗漱。妳靠在我胸膛上，用囈語般的口吻先
開口說：「欸，你先去刷牙啦！」口氣像貓那樣
慵懶，微弱的氣息吹拂過皮膚，帶著點溫熱與些
微濕氣，像極了搔癢。

　　可惜賴床這件事，是沒有女士優先這種規則
的，也絕對不是先開口先贏。我們兩個人就這樣
閉著眼睛、說著話、推拖著，僵持不下了近二十
分鐘，從窗外透進來的陽光照得整個房間越來越
亮。最後我提議用猜拳的方式來決定，輸的就先
起床去洗漱，一次定輸贏而且不能後悔。結果某
人帶著滿腹的怨念先下了床，我則是帶著勝利的
微笑繼續享受著賴床的時光。「對了！我自己帶
的牙膏好像用完了，妳看要不要用旅館附贈的那
個。」翻了個身，再將棉被抱緊一些，對著正在
浴室的妳喊道。

出外的時候，不管是要住旅館或是朋友家，我都會習慣帶上平時用的洗漱組，洗髮精、沐浴乳也各自用小瓶子分裝著，相對放心許多。

　　妳左手拿著牙刷，右手拿著那條乾癟的牙膏走到床邊，出場時還像是產品發表會上的模特兒那般走著台步，搭配擠出牙膏的動作，說出了那段幹話，最實際的目的是不想讓我睡得太舒服。

　　聽到最後實在是受不了了，只好讓牙刷完美地發揮了它的作用：「刷牙就刷牙，別廢話那麼多！」並順勢將身子撐了起來，總算還是起床了，一臉哀怨。妳看目的已經達成，才開心地回到浴室。

　　當下並不特別深刻的場景，加上了名為時間的濾鏡，就變成值得珍藏的回憶。

我不能傷心

如果我們不必一直往前走，不必被現實裡與愛無關的事情左右，如果兩個人都不去期待所謂「更好的未來」，我也不去執著太多其實不急著一時得得到的答案，是不是我們的現在，就不會變得這麼難堪？

刷完牙，先稍微簡單地清洗過一次臉後，接著擠出在一旁等待
已久的刮鬍泡，主要塗抹在鬍碴密集的下顎及嘴唇上方處。新
買的這罐刮鬍泡和以前常用的品牌不同，擠出來時並不直接是
像慕斯那樣的白色泡沫狀，而是海藍色的凝膠條狀，略帶沁涼
感。也說不上是比較喜歡新的這種，但可以和過去稍微斷開某
種記憶的鏈結，總覺得還是好的。

我的第一罐刮鬍泡是妳買的，還順便送了一組全新的手動刮鬍
刀，妳說：「你知道嗎？接吻的時候，被鬍碴刺到很不爽！」

　　在高中時鬍子生長的速度還不算快，而且那時也不算太粗，用一般平價的電動刮鬍刀就能刮得乾淨，那時的親吻妳尚且不會抱怨。直到我們踏入大學生活，台中、台北的距離，交通及住宿上的費用，讓我們一個月只能見上一兩次面。雖然每一次在見面前，我都會「戒慎虔誠」地準備，刷五分鐘的牙加上讓口氣更清新的漱口水，以及刮鬍子等這類舉動自然不在話下，穿上自己覺得衣櫃裡最好看的服裝，再噴上一點妳喜歡的香水味，讓每一次的重逢、相擁都能是妳最喜歡的那種「我」的樣子。

　　回到房間後的親吻，仔細而熱情。無法說話的時間裡，像是交換了這段日子裡沒有開口的那些想念，對彼此難以言說的著迷，像要徹底融進對方生命那樣地抱緊。有趣的是，好像兩個人都清楚每一個吻該擁有多長的時間，像是常在游泳

池裡玩的「憋氣遊戲」，在接近彼此的極限時才
會分開。但那次妳突然就面有難色地推開了我，
指了指我唇上的位置：「你的鬍子太刺了！」我
帶著尷尬神色，有點委屈地說：「對不起……不
過我出門前才刮過鬍子的說……」

　　後來我們一起到了附近的屈臣氏，在男性用
品專區挑了許久，還拿出手機上網查了哪個款式
評價較好，刮起來比較不會痛、比較不會受傷流
血。結帳的時候，妳堅持妳要付，笑得燦爛地說：
「你刮乾淨的話是我的福利呀！所以我來付這個
錢，不是很合理嗎？使用者付費？」

　　店員露出曖昧的笑容，我突然害羞了起來，
耳朵微微發熱，一句話也說不出來。最後妳讓我
自己拿著那兩樣東西，摸了摸我的頭：「如果你
覺得不好意思的話，你可以之後再送我其他的禮

物補償我呀！或是你可以對我再好一點，每一天多想我一點點，這樣也不錯。」隨後牽起我空著的那隻手，拉著我走，快樂得很簡單、很平凡。

　　刮鬍刀還是同一把，換過兩次刀片；刮鬍泡不是同一罐了，甚至換了牌子，明明功用是一樣的，感覺卻不一樣了。想要刮乾淨的東西，會讓妳感覺刺痛的，現在又何止是鬍碴？以前的幸福，每一件、每一件曾經感受快樂的事情，關於我們，都成了長出倒刺的惡夢，循環播放。

　　妳後悔嗎？愛過我。

我不能傷心

刮完鬍子後，再用抗痘的洗面乳清洗臉部，用毛巾將上方略濕的瀏海及全臉擦乾，這才完成一早的盥洗。等等，不對，已經不早了。今天醒過來時，看了看手機，發現已經下午 2:00，週一早上的德文課完完全全被我無意識地蹺掉，下午最後兩堂的文學課倒還算來得及。

昨晚有一場和三個高中朋友的聚會，主要目的是為了陪其中一個人借酒消愁——他失戀了。精準一點來說，他其實已經失戀好一陣子，只是他還是一直放不下。他們是高中時的情侶，和我們一樣，只是不同的是，在嚴禁男女戀愛的校園裡，他們被發現了，而我們沒有。或許是因為被學校懲處的關係，也或許是因為相差一個年級，她並不願意和即將畢業離開校園的他繼續保持聯繫，可他卻遲遲放不下這段感情，還是不斷地向她釋出善意與關心，就算她總是不太搭理。

直到昨天，趁著酒意，他終究還是不甘心地哭著承認，他們真的結束了，向著已經被封鎖的對話框裡丟下最後一句話：「祝

妳幸福。」在裝飾得像是夜店的居酒屋裡，在其他桌客人的喧譁聲中，在店內的例行表演正值最高潮時，哭得像個孩子。

我們幾位男性朋友也都不太會安慰人，只是安靜地喝著酒，聽他說其實已經聽過無數次的故事，聽他說那些很多、很多的如果 —— 如果什麼事沒有發生、如果他當時做了不一樣的選擇……時而笑、時而哭，戀愛大抵上就是這樣矛盾的組合體吧。就算後來的她對他很糟，他說起她的時候，還是總只說她對他的好，少有埋怨。

他並不是真的覺得無所謂啊，只是他不願意把關係裡不好的那些和其他朋友分享，態度上的轉換、行為裡的疏離，好或不好，都是他很主觀的感受，他不想要讓我們就她的選擇來評論所謂對錯。愛或不愛，都是兩個人之間的事，就算是再親近的朋友，也一定會有看不見的地方，那是只有在關係裡的兩人才能明白感受的一切。

我
不
能
傷
心

「雖然我不敢說你一定會遇到更好的，但至少不再去執著一個已經不愛你的，對你也好、對她也好。」已經有點喝茫、將身子倚在一旁木製隔板上的朋友開口說，伸出右手食指指了指趴在桌上的他。要不是因為他的左手還握著喝到一半的酒杯，哭一哭偶爾還會爬起來喝個幾口，我還以為他已經睡著了。

「欸！你應該學一學他啊！人家也剛分手一個多月，你看他還不是看起來活得很好，不像你這樣哭得死去活來。」酒量較好的另一位朋友一個聲東擊西，突然就把事情扯到我身上來。

好像我是一個特別值得學習的對象。
好像我就真的，一點也不傷心。

「我……我想我們狀況不太一樣啦，他這樣可能比較像真的失戀吧，我就比較沒血沒淚呀！」自嘲了一番，試圖用平常不過的笑容帶過，卻心知那樣的笑顯得有些逞強、虛假，又連忙把臉撇向一旁。

原先趴著哭了很久的他突然將頭抬了起來，接著將雙手手腕靠在一起，做出一個像是開花的手勢，藉以成為一個靠檯，把因為喝醉而有點沉重的頭撐住。眼神半掩，淚痕在店裡眩目的燈光下變得格外明顯，滿臉紅潤地對著坐在正對面的我說：「你⋯⋯還好吧？沒事嗎？就算是你提的分手，你就真的一點都不難過嗎？」他真摯得有些嚇人，好像期待從我這裡得到一些答案或啟發，或許是想知道如果是以我的立場說的一些話、擁有的一些想法，會不會就和她一樣。

另外兩位朋友也同時看向我，霎時覺得自己像是在訊問室裡被逼供的犯人，目光的灼熱再過幾秒就要在我身上燒出洞來。

我不能傷心

「我不好。」躲在心裡最角落的那個自己想就這樣直白地說出口，可是誰信？

我讓別人知道的那些生活、那些片面的自己，都像個沒事的人一樣，甚至偶爾還會發一些大學生活相關的廢文，如果我說這樣的自己其實過得不好，誰信？我不願意讓別人知道自己過得不好，卻又在某些時候期望他們細心地觀察到。從來不是朋友、家人不願對我拋出救援的繩索，而是我自己情願待在、困在懸崖底下，還時常裝作照得到光。

也有一部分的我覺得，如果明明已經是執意提出分手的人，還做出傷心的模樣，好像就會無意間更加深對妳的傷害，所以我得快樂，我得讓妳、讓我自己相信，我做出的選擇是我想要的、是好的、是不後悔的。

我不能傷心

我不能傷心，我不應該傷心，傷心該是妳的權利。

　　於是就算知道自己用了錯的方式告別，傷害了妳，在離得最近的距離裡，狠狠地給了最深切的痛楚，我還是不能在這時候反悔。我可以反覆、輪迴似地不斷道歉，也真真切切地滿懷歉意，可是我太了解妳、也太了解自己，我清楚妳要的從來不是那些對不起，只是要我留下來。什麼都不做也好，什麼都不說也好，只是要我留下來。好像留在身邊的話，至少、至少都還有可以挽回的空間，而我知道妳會比起用盡全力，更加努力地愛我。

　　可我真的無法再演出愛妳的模樣，當我已經不再發自內心想對妳好。我沒有愛上別人，只是也不再愛妳，我無法說明，妳也聽不進去。我再

也不能依賴著妳還愛我、對我好的這些原因，就像從前一樣，不費一點力氣給妳我所有的善意與疼愛，我已經做不到了。

我甚至不敢開口對誰說，說我其實也努力過了，真的。

「為什麼你就不能把這當作一種過渡期？只要我們撐過去、只要你還有那麼一點愛我、只要你也有一點捨不得，我們就可以再繼續呀。為什麼你要放棄？為什麼你不愛我了？我不要分手，我不要、我不要……」記得妳靠在我懷裡哭著說出這些話，原先用力捶著我胸膛的雙手一次比一次疲弱，開口的話語好像帶走妳最後一點力氣，妳整個人癱坐在了地上。

像是忘記了所有的表達方式，妳只是一直重

我不能傷心

複著「我不要」，而我呆站在那裡，望著妳傷心至極的樣子，狼狽、無助、軟弱，完全不像妳。

　　我回想了以前每一種安慰妳的方式、對妳生效的話，卻發現沒有任何一個方法適用於當下。因為那些情景裡的我，都是還愛妳的我，可是不愛妳了，那些就都變成錯的。

　　我什麼話都沒說、也沒敢說，只是遞上口袋裡總是備著的手帕，或許算得上某種帶著歉疚的善意，還期待妳接受，好讓自己能好過些。我蹲在妳身邊，不確定自己在等些什麼，直接往臉上招呼的一拳也好、直截了當的一巴掌也好，我期望著一個完整的句點。妳卻只是抬起朦朧的淚眼看著我、看了我好久，像是要把我的樣子永遠印在妳眼底，內疚感讓我不敢直視妳的眼睛。

妳默默地拿走我手裡的手帕，擦了擦眼淚，站了起來：「現在我還是愛你，那些愛多到我甚至恨不了你，所以你如果要分手，我可以答應，我尊重你的選擇。但你要記得，我從來就沒有對不起你、也從來就沒有不愛你，你要記得，是你不要我的。」

　　是我先說不要了的、是我決定對妳那麼殘忍，最後，妳卻讓我還是被愛著。

我不能傷心

「怎麼可能真的一點難過的感覺都沒有啦！一定還是會難過啊，只是我不太會表現出來，可能覺得很丟臉吧，如果哭的話。」說了這些不著邊際的話，他眼裡透出一點失望，卻還是熱情地舉起酒杯：「今天哭完以後，就不會再為她哭了啦！謝謝你們今天出來陪我，乾杯！」

四個人同時輕敲酒杯，把剩下的酒一次喝完，也結束了漫長的聚會。結帳以後，大家就分別搭上回家的末班捷運，回到各自的宿舍，還在聊天群組裡報了平安，以防有人醉倒在路邊。

- - -

將臉貼近洗手臺上方的鏡子，仔細端詳了臉部的膚況，最近失眠導致黑眼圈格外明顯，睡不著覺等同熬夜，臉上的痘痘也就如雨後春筍一般，一發不可收拾。看到額頭右上方一顆感覺已經發展完全的痘痘，紅裡泛白，伸出雙手食指想要讓它「出世」的時候，突然看到唇邊的痘疤，想了想還是算了。雖然不

是靠臉吃飯，但也還是會稍微注意一下，總不能繼續留疤。

回到寢室後，迅速換了套適合出門上課的衣服，從書架上拿了那堂文學課的講義放進背包，接著和今天已經沒課、正在追劇的室友說了句掰掰，就騎著腳踏車往上課的教學樓出發。

等紅燈的時候，想到早上曠掉的德文課，不知道該向誰借筆記才好；想到昨晚說了不再為同一個人哭的他，不知道他是不是記得自己喝醉時說過的話；想到那時向妳坦承不愛了以後，不知道在等待著什麼的自己。

我等的其實是釋懷，但也許這輩子都等不到了。

我不能傷心

以前我想像的家，

都有你在

／ 對不起

後來的我總是笑
可是我並不快樂
有人說愛我的時候
我總是錯愕、懷疑
然後
像是自己做錯什麼事情
一開口只能說
「對不起。」

好像有哪裡壞掉了
可是找不到原因

透亮而冰冷的磁磚地面四處散落著大小不一的紙箱，一眼望去顯得有些雜亂。在新工作開始五週後，我終於如願以償地租到了一個自己喜歡的房間。

- - -

上週四，早上剛結束了一場與客戶的例行性拜訪，搭著帶有淡薄菸味的計程車回公司的路上，將剛開完會、昨晚又沒睡飽的疲憊身子倚在車門邊，用厭世的表情一手輕微摀住口鼻，一手滑著租屋 APP。

司機伯伯熱情地用他有些逗趣的台灣國語和我搭話，可能面對每一位乘客他都是這樣吧，一樣地問起是台北人嗎、一樣地聊起這座城市的變化、一樣地說起最近的政治、再一樣地談起有關自己的故事：兒子半年前總算結了婚、安定了下來，老伴記性越來越差，漸漸記不得身邊所有的親人，自己曾經載過哪幾個藝人，可他卻連對方的名字都念不出來，只說是在年輕世代

很紅的偶像……

當重複而乏味的工作變成自己絕大部分的生活，每一天就這樣開著車在熟悉的城市、街區裡穿梭。前頭「空車」燈號閃亮的時候，是一個人獨處的時光，聽著平時常聽的廣播電台，偶爾也隨著裡頭播放的音樂哼唱幾句，眼神則在路況及路邊行人身上來回遊走。至於載有乘客的時候，不論他們積極回話與否、也不論他們喝醉了沒有，對司機伯伯來說，他們像是小時候讀到某個童話故事裡的樹洞，只要他們沒開口說「想一個人靜一靜」、或是在講著電話之類的情況，他便願意與一輩子也許只會載上那麼一次的客人單方面地傾吐心聲。

當兩人的日常完全不構成連結，所謂的祕密就不再是祕密，只是尋常不過的街談巷語，一如在路邊隨手收下的廣告傳單，在下個街口轉角的垃圾桶便會將其扔下。

我隨口應和著伯伯的聊天內容，「嗯哼」、「喔」等無意義字

以前我想像的家，都有你在

眼不斷從我口中出現，不想讓他像是獨自唱著單口相聲那樣孤單，卻又無法提起精神對他的故事給些實質性的回饋，畢竟我也沒能把自己的生活過得多好。

雖然說新的工作逐漸上手許多，帶領我的小主管也慢慢地將手裡的事務交付給我，不敢說真的已經能獨當一面，但至少算是正式踏上該工作職位的軌道。不過唯獨尋找租屋處這件事，一直到現在都還是沒有著落。

打了一個哈欠，將租金的上限金額再往上調整一些，再次向下滑動刷新租屋 APP 的頁面，幾筆符合我新設定之搜尋限制的租屋資料出現。

總算皇天不負苦心人，我還是找到了這一眼就心動的房間！

雖然租金比我預想中高了那麼一點，但算是可以接受的範圍內。房子的外觀看起來是老舊公寓，但房東花了二、三年的時

間將裡頭中間三層樓的空間全部重新裝潢，並採買全新的各種家具、家電等，直到最近才整修完畢，並開放房源到租屋網站上供人參考。

或許是我太過激動，司機伯伯連忙問道是發生什麼事嗎？以為是他開錯路，有些緊張。我連忙解釋說是自己太高興了，終於找到一間自己喜歡的租屋，如果順利的話，就可以結束我的寄居生活，在台北真正擁有自己的一個小天地了。

他則是笑著說：「喔喔！這樣很好，不然一直麻煩朋友也會有點不好意思吼！小女生一個人到台北來打拚很不容易，如果有男朋友的話，他想娶就還是趕快嫁了啦！起碼兩個人可以相互扶持，做陣行就不會那麼艱苦！」也許是還咬著檳榔的緣故，伯伯把相互扶持念成「相互湖池」，最後一句還國台語交雜，我不經意就笑了出來，他也覺得開心。下車時原本三百六十元的車資，他只收了我三百元，推託了一下還是沒能拒絕伯伯的好意，說了好多聲謝謝，而後和他揮手道別。

以前我想像的家，都有你在

　　不確定從什麼時候開始，自己就一直是那種很害怕麻煩別人的人，別說是剛認識不久的同事，就算是家人或是認識十多年的朋友，如非必要，都會盡量不因為自己的事打擾或麻煩他們。尤其是後者，因為足夠親暱、足夠熟悉，擔心自己會無意間忽略給予幫助並不是他們的義務，而沒能用正確的態度來對待真心對自己好的人。

　　別人可以不求回報，我卻不能不去記得那樣的好。可能的話，總是寧願自己是付出比較多的那一方，不去欠著別人什麼。

　　也許與你有關，愛你太久了，一個人撐著太久了。不知不覺裡，居然也會害怕起接受他人的善意，覺得自己不夠好、覺得這樣的事不應該發生在我身上。可是不能怪你。

你一定也想像不到，你只是拒絕了一個人，
她卻從那以後，拒絕了整個世界，忘記了怎麼被
愛。

以前我想像的家，都有你在

直到昨天為止，我已經「寄居」在朋友家一個月了。

剛收到新公司的錄取信時，她是第一個知道的朋友。在電話裡聊到公司要求的到職日有些急迫，我擔心在那之前自己還找不到可以住的地方時，她便一口應聲：「那就先住我那兒啊！」

就算在各個社群軟體上都發布貼文、限時動態，向親朋好友遞出「伸手牌」，更提出懸賞獎金，希望大家能推薦給我離公司近、房租又不會太貴的地方，卻還是沒能順利找到適合自己的。於是先從家裡收拾了兩個行李箱的衣物以及一些生活必需品，一個人搭著車提著大袋小袋的行李到了她家樓下，開始了我尚且不知期限的寄居生活。

每天晚上，我處理完公司的相關事務，開始瀏覽租屋網站時，她總會說：「沒關係啦！在找到喜歡的房子以前，妳都可以住在我這兒啊！反正我本來一個人住也滿無聊的，妳來了以後，才感覺溫馨很多。以前下班以後，我都會想要在外面晃悠久一

點再回家，有妳在了，好像有人在家等我一樣，就會想要早點回來。妳不要覺得是在打擾我嘛！妳就想成是在陪我啊，在我因為找不到男友而覺得孤單寂寞冷的夜裡，妳可以充當我的人體暖暖包。雖然妳煮菜的功力真的爛到不行，肯定是溫暖不了我的胃，但妳可以溫暖我的心啊！」已經在床上躺平、敷著面膜的她，說完還會來個飛吻。

她可以不在意，我卻不行。

於是上週週末，先是和朋友在與房東約定好的時間看房，確認實際環境及公共設施等部分，並了解該棟公寓住戶的大致組成後，就簽了約、付了訂金，其餘的金額等到真正搬入以後再行繳納。接著回到桃園的家，把先前沒能帶到台北的外套、鞋子及床上的玩偶等都裝箱，並寄到新租屋處。

如今房裡充斥著朋友送的擴香氣味，午後的光自窗外照入，空闊的房間披上一層暖黃色調，外頭車流聲像這座城市的脈搏。

以前我想像的家，都有你在

明明還有滿多箱東西還沒拆開整理，我已經覺得有些累了，大字形的姿勢躺在舒適的加大雙人床上，閉上眼睛，享受著自然風，一動也不想動。

在剛滿三十歲這一年，在桃園生活了一輩子的我，換了份台北的工作，也是第一次搬離家裡，在這座城市裡有了一個自己的「家」。

　　以前在自己「浪漫的想像」中，覺得自己大概二十七、八歲左右就會結婚，會離開家，因此想著在那之前要多陪陪家人。大學畢業以後，也都盡量找家裡附近的工作，下班以後就能回家和家人一起吃晚餐，也會一起散步。

　　結果我的想像，半點成真的跡象也沒有。從四、五年前的著急，到近兩年來的雲淡風輕，主要是我一個人著急也沒有用，得把自己調整在一個好的狀態，才能在合適的頻率裡，找到適合自己的人。倒是小我六歲的弟弟已經帶著交往多年的女友和家人吃過好幾次飯，沒意外的話，過幾年後就會論及婚嫁。

　　這次換工作的契機，除了想轉換跑道外，也想把自己丟到一個陌生的、新的生活圈裡，在不一樣的環境裡，去認識截然不同的人。想著或許

他們説的是對的吧，忘掉一段關係最好的方法，
就是開始新的一段關係。

　　我想試試看。
　　我不能也不應該再執著於你了。

　　從你不愛我以後，都過多久了，我還沒好。

　　我沒敢對任何人説，我還會想你，我怕他們
擔心我又會回到剛分手時那樣。
　　我已經能夠裝得很好了，沒有人可以看穿
我，卻也沒有人懂我。

　　我很孤單，可是他們説我現在很好。
　　所以我很好、我只能很好。

以前我想像的家，都有你在

「欸欸，妳不幫忙煮晚餐也就算了，說要把剩下的東西都整理完，結果妳現在給我躺在床上睡覺是怎樣？從我去準備晚餐到現在，地上的那些箱子根本就都沒變啊！難怪我想說妳怎麼那麼安靜，一點聲音也沒有！」

他的聲音從遠到近，我則維持相同的姿勢不曾改變，只是慢慢把眼睛睜開，輕微地把脖子抬起看了看他，又躺回去。

「我沒有睡著好嗎？我是在閉目養神，搬家很累欸！讓我休息一下是會怎樣，反正晚一點我還是會弄啊！你如果煮完晚餐也可以順便幫我，不是更快嗎……」後面的話我越講越心虛，像是電視被調整音量那樣逐漸消音。

「妳……算了，晚餐我煮好了啦，快來吃吧！不然等一下冷掉，妳又要怪我煮得難吃！」他無奈地走到我身邊，我則是默默地伸出右手，表示需要幫助才起得來。他雖然不情願，但還是秉持著人道精神對我施助，將被床黏住的我拉了起來。

「哇！看起來很好吃耶！都快忘記上次吃你做的菜是什麼時候了，好像兩年前？現在看樣子是有進步喔！你長得不差、身材不錯、會做家事又會做菜，還是超吸金的工程師，我就不懂了，你為什麼到現在還是單身？公司裡面沒有妹子跟你告白嗎？難道……你真的是同性戀？……喔好燙！」實在太餓了，忍不住用手抓了一顆蝦球來吃，他則是一臉鄙視的神情。

他是小我一屆的大學學弟，因為一堂需要分組報告的課開始變得熟悉。雖然名義上是學姊，但因為我本人在學業方面向來不是很在行，所以那份報告主要還是得靠他完成。後來他還參加了和我同一個服務性社團，一起到過偏鄉為當地的孩子們舉辦營隊。

畢業以後，我繼續留在桃園這邊工作，他則到了台北一家他大三實習的公司就職，一待就是好幾年。他可以算是我少數會吐露心聲的人，因為我的生活圈裡比較少熟絡的男生，因此有一些感情方面的問題，想要找人以男生的角度分析判斷時，就都

以前我想像的家，都有你在

會想到他。有一陣子，我的好姊妹們甚至以為我和他在一起了。

在用餐的時間裡，我們聊了很多以前大學時代的事，互相吐槽之餘、也甚是懷念。至於談到我剛開始一個多月的新工作，我則是和他分享了不少趣事，身為科技公司的業務兼客服，總是有處理不完的客訴、溝通不完的事情。

面對這些疑難雜症，我把很重要的兩句話奉為圭臬、擺在心底：「客戶虐我千百遍，我待客戶如初戀。」

像是，有次客戶網路線沒插，卻問我為什麼網路不會通，接著還接了一句說：「一端沒接應該不會有什麼影響吧？」最後順利解決，掛上電話的時候，老闆甚至跑過來問了我一句：「還好嗎？」我帶著毛骨悚然的笑容回：「我沒事，我現在只想靜靜地當顆草莓，最爛的那種。」

他笑得合不攏嘴，我也沒了當下覺得無言的那種憤慨，只覺得好笑。

吃飽後，我們一起把餐具、盤子給洗了，原先我自告奮勇說要一個人清洗全部，但他看了看捲起袖子的我：「我們還是一起吧！妳一個人洗的話，我怕不知道要洗到民國幾年。」我用眼神表達我的抗議，他卻只是逕自走到洗碗槽那兒開始動作。

將餐桌的一切都收拾乾淨後，我們又回到房裡整理剩下的紙箱，他負責把已經空了的箱子拆平以便收納，我則是繼續把紙箱裡的衣服、雜物好好歸類、擺設。突然在一個紙箱的角落看見一只袋子，裡頭裝著的全都是那時我和你來往的信件，有一些是便條紙的那種小紙條、有一些則是寫得密密麻麻的信紙，一不小心就跌進回憶裡。

沒注意到他走到我的身後，靜靜地看著我讀著那些，兩個人都沒說話。

以前我想像的家，都有你在

「學姊還是放不下他嗎？是因為他，才一直保持單身的嗎？」

不確定過了多久，他才小小聲地說了這麼一句，我拿著信紙的雙手明顯地抖了一下，被嚇到是一部分，被看穿則是更大一部分。

　　在你之後，也有不少人說他們愛我，可是我卻沒辦法像那時愛你一樣，那麼輕易就去相信他們。變得敏感、多疑、變得不夠堅定，得要靠很多看得到的、感受得到的才能讓我依賴。同時卻又深知愛啊、依賴啊，都是一種癮頭，是源自別人的東西，你很容易能給，也很容易就收回。

　　我們的結束，沒有特定的事件或是第三者可以埋怨，因為並沒有人做錯事，只是相處久了、感覺變了。答案你已經給了我，只是我不願意相信，所以不停地鑽牛角尖、不斷地想在一個死胡同，找一個行得通的出口。

　　我否定了全世界，只為了負負得正出「你還愛我」這個解答。

最後一次見面時，我哭倒在地說的那句「我
愛你」，讓我覺得自己，賤得可以。

　　那句話、那些眼淚、那些傷心，一點用也沒
有，你還是走得乾脆俐落。

以前我想像的家，都有你在

「我問你喔，如果一個人只會用討好的方式祈求被愛，是不是就注定都會失敗？每每在他面前把自己縮得好渺小，依著他的喜怒哀樂調整自己的態度和喜好，縱容出不對等的位置，可以說是我自己活該。可是在感情裡拋下尊嚴，不都是很正常的事嗎？」

我向他提問，沒有回答他的問題，只是繼續翻看著那些過往。

「在以前，我也覺得為感情拋下尊嚴是很浪漫，甚至是理所當然的事情，但是到了現在，我會有不一樣的看法。並不是因為我變得成熟、變得功利主義、甚至是需要對方的回饋才肯持續地付出，而是因為我越來越懂得尊重自己。」他的手機突然發出震動聲，但不是持續的那種，應該是朋友給他傳了訊息。

「不是一定得得到什麼實質性的回饋，或是要對方說些什麼好聽的話來哄哄自己，但他需要給的是一定程度的尊重。我願意給，那的確是我自己的事，但他可以做到的、可以讓我感受到

的，會使得後來的我決定接下來該怎麼繼續愛這個人，或是乾脆放棄。」

說完以後，他先是有種老成持重的感覺，接著擺出一臉「我需要鼓勵」的表情，像個孩子一樣。

「你真的應該改行去當心理諮商師，我覺得你一定會紅！好啦，你很棒、你最棒行了吧！都幾歲的人了還像小孩一樣。」摸了摸他的頭以示獎勵，還順手搓亂了他的髮型，反將一軍。「人家不都說男生的心智年齡會跟不上實際年齡嗎，為什麼你好像沒有啊？每一次都是我被開導。想一想我都已經 30 歲了耶，你不覺得很不可思議嗎？明明我還這麼年輕貌美，可是填問卷的時候，已經得被歸類到下一個年齡層了。」

最近常常會想，我已經到達我這個年紀該有的樣子了嗎？

「每個人都會有一個自己到那個歲數時，應當是什麼樣子的一

以前我想像的家，都有你在

個模板、一種想像，然後會去想是不是自己哪裡還做得不夠好什麼的。可是一個年紀到底該有什麼樣子，該由誰來定義呢？我們都只是很努力在那樣的當下，去做自己願意、喜歡的事情而已，當然工作不一定真的是自己最想做的那個。但嘗試去過出自己想要的那種樣子，其實就已經成就那種所謂『該有的樣子』。」

「小朋友說得真有道理呢！人生又不是一場比賽，重要的應該是我們能不能善待這些過程。」

「妳才小朋友，妳全家都小朋友！」

「欸欸！注意一下對學姊說話的態度！」

還是用了打打鬧鬧的場面，結束了原先有些嚴肅謹慎的對話。

在學弟臨走前，我還送給了他一袋「禮物」，是今天搬家所累

積出來的垃圾。他住的地方是社區型的大樓，只要統一丟到大的垃圾回收箱即可，放在這裡的話，我還得自己去追垃圾車。

我像是媽媽一樣在門口耳提面命地告訴他，如果有不錯的女孩子喜歡他的話，就試著交往看看吧。也老大不小了，事業拚得差不多就可以結婚了，到時候記得務必請我去致詞，我也會包很大包的紅包的。

最後讓他回家多注意安全，就送走了他、關上了門。
聽著電子門鎖鎖上的聲音，我又是一個人了。

這是我的家了。
以前我想像過的每一個家的模樣，都是有你的。

以前我想像的家，都有你在

—— 可以的話，不想只是再當學弟的男朋友

聽著電子門鎖鎖上的聲音，我在門前又站了一會兒，並不是在想著自己有什麼東西沒拿，只是在想剛剛妳說的那些話，和隔著這扇門後的妳。

下了樓、出了公寓，走了一段路才到了中午停車的地方，拿起雨刷上夾著的停車收費繳款單，開了車門後就呆呆地坐在原地，想的還是妳。

拿出口袋裡的手機，是同事傳來的揶揄訊息，螢幕顯示：「怎麼樣？今天有成功告白了嗎？」下秒又是一則：「你不用說，我就知道一定沒有。」接著是一連串大笑的表情符號。

我笑了出來，一部分是被朋友氣笑，一部分是真的覺得自己可笑。在房裡和妳侃侃而談的那些，關於尊嚴、關於放棄，其實我自己一點也沒做到。

我不是同性戀，也不是沒有女生跟我告白，我只是喜歡妳，一直喜歡妳。

摸了摸外套的胸口內袋，準備好的告白信，這一次還是沒有用到，這已經是第十七張了吧。每一次只要覺得可能有機會可以和妳坦白，我就會在前一晚寫上一封告白信。每一個版本在內容上可能都大同小異，可是一次又一次重新寫、又加上了當下想到的東西，就會覺得好像又一次喜歡上妳。

其實我們很像，總是追著一個人的影子，忘了自己，也同時看不見身後其他人的追逐。

我愛妳、妳愛他的輪迴，我並不打算抱怨些什麼，是我自己沒有勇氣告訴妳我的心意。曾經當某些風言風語傳到妳的耳裡，我看著妳的表情，妳只是笑了笑、不以為意，所以我就配合地讓它只是謠言，不打擾妳。

以前我想像的家，都有你在

很多年過去了，我們還是一樣，不進不退。

多數時候我都覺得自己是很幸運的，我一直都能為同一個人難過、開心，因為出社會以後，要再遇到像這樣類似的、願意讓自己這麼用心對待的人，真的好難。就算妳並不知道我喜歡妳，我還是覺得很值得。

每年的生日、在夜裡偶然撞見流星、去廟裡求神參拜的時候，自己可以為妳許上平安快樂的願，都覺得是件很好的事。

繫上安全帶，把打開的信放到副駕駛座上，發動車子離開。

信紙上的最後一段是這次新添上的內容：

「愛不會改變那些無法更動的事情，但我會陪妳、也會愛妳；悲傷還是很輕易的啊，但我願意陪妳悲傷；時間永遠還是不夠的啊，但我想把時間和妳分享；願望還是時常變成謊言啊，但

我會努力幫妳實現；愛還是很難的啊，但我愛妳、我愛妳。」

以前我想像的家，都有你在

「你喜歡散步嗎？」

／逃

逃避是一種癮，像愛一樣

高考補習班的補課教室和國高中時的電腦教室沒有什麼區別，只是在寸土寸金的台北，整體空間小了許多，即使從來沒有一次坐滿，視覺上也顯得擁擠。雖然沒細數過，但最多不超過 20 個座位，間距也近得可以。

門口的櫃檯阿姨——喔不，今天是姊姊——看起來並不比我大上幾歲，或許比我還小也說不定。穿著白色襯衫，外頭搭了件杏色刷毛外套，戴著黑色粗框眼鏡，起身時及腰長髮靈動地飄逸。隨著自動門開啟，她說了一句不仔細聽就會聽不清楚的「早安」，一臉沒睡飽的表情。我先是看了一旁白牆上掛著類似壁報的東西，上頭是依照教室座位劃分的位置表，每格附有一個透明的塑膠套子，裡頭裝著該座位的號碼牌。當有學員被分配到該座位進行補課時，格子裡的號碼牌便會替換為該人的學員卡。

「居然已經有人來了？」我心想，隨後隔著口罩也回了她一聲：「早安。」

其實設置在門外左側的雨傘桶早已提供了線索，除去一把便利商店賣的透明傘外，還放有分別是黃色及黑色的兩把摺疊傘，地上零星的水滴同時說明了今天的糟糕天氣。

典型的冬季台北，又濕又冷，這幾天好像還有寒流來襲。這是那種連洗手都覺得刺痛的天氣，是那種若沒事絕對不會想出門的天氣；是那種到了洗澡時間會認真回想自己當天有沒有流汗，如果沒有就說服自己不該浪費水隔天再洗的天氣、是那種就算跟朋友已在半個月前約好吃飯，你也會先判斷和那個朋友的交情究竟到什麼程度，衣服都已經換成要出門的那套，還是會在門口再三考慮到底要不要赴約的天氣。

在台北生存很難；在冬天的台北生存，更難。

明明應該是快樂悠閒的週末，就算因為天氣差得不行、完全沒有出遊可能，但至少能在溫暖被窩裡度過整個早上，甚至到下午的美好假期⋯⋯卻被昨天不知道哪根筋不對的自己陷害，給

「你喜歡散步嗎？」

自己安排了今天一早的影片補課。於是，在這樣風雨交加的日子裡，我必須到補習班補上上週因偷懶而蹺掉的法學緒論。

極度厭世地完成了出門前的盥洗，在洗臉環節，第一次將臉潑濕時，差一點對著水龍頭罵髒話。看了一眼書架上的時鐘，在心裡衡量了從宿舍走到補習班的時間，從衣櫃裡挑了件符合今天心情的深藍色大衣，將桌上的筆記本、鉛筆盒收進背包，拿起掛在牆面上的鑰匙，收起原先曬在狹窄走道中間的雨傘。步出寢室門前又回頭看了一眼，摸了口袋，確定手機、錢包等出門必備要件都齊全，帶著偌大的決心，終於還是離開了暖和的屋內。

興許是雨勢不小的緣故，抑或是我鮮少在假日時見識台北的早晨，外頭的行人少之又少，安靜得像座死城。經過台大醫院兒童醫院後，路程大致完成一半，不算太長的距離，牛仔褲的褲腳及大腿處，卻已經帶有明顯被雨滲透的不適感。

常常，走在這段路的過程裡，我會想很多事情。有時想得很淺、很近，例如等等要買什麼當早餐，是飽足感十足的飯糰或三明治？有時很深、很遠，例如兩年前曾經失敗的感情，例如在那之後缺陷的自己，例如，為什麼我現在會在這裡？

我認為自己是個幸運的人，可是同時擁有相對而言最大的不幸，或許像是某些故事中的反派角色，一開始總是順遂，到了最後關頭卻免不了失敗的命運。

我是那種總是在最後才輸掉的人。

一路以來，自己的求學歷程算是相當順利，只要肯花時間努力就一定能擁有想要的成果。然而，我卻都在最重要的大考失利，國中時差兩分就可以考上當時的第一志願，高中時數學差那麼一級分就可以選上夢寐以求的科系。最後的結果絕非不好，但距離真正想要的，總是差那麼一點。

世上最苦的事並不是讓人從一開始就全然地絕望、讓人覺得「不可能」，而是它分明給了機會，卻因為種種原因，或許是運氣，或許是選擇，也或許是自己不夠努力，所以往往「差一點」。就那一點，讓一切天差地遠。

兩年前，我和交往三年多、初戀的妳第二次分手了。那次，是真的沒有辦法再復合的那種；那次，是妳開的口。沒有第三者的介入，並不是升上大學、進入新的環境後那所謂「新鮮感」的誘使，也不是兩座城市之間的遠距離，而是發生在比那更早之前，比那些原因都更無解的「感覺淡了」。

這個理由似乎司空見慣到當所有人聽到這四個字，第一時間都會想著：「你為什麼不能跟我說實話，為什麼要找這種爛藉口？」像是寧願聽到對方承認：「對，我喜歡上了別人」或是「對不起，我還是忘不了她」這類的答案，至少不像一拳打在棉花上，無從發洩。如果結果還是一樣，輸給明確的對象，也好過輸給那甚至無法抗拒、無法想像的抽象感覺。

　　高中畢業前一週，原先一直待在台北指考衝刺補習班的妳，為了要一同彩排畢業典禮而回到學校。我們像回歸到妳離開之前那樣，在晚餐的時間裡有場短短的約會，會把飯菜帶到教室裡一起吃，順便聊聊彼此那天過得好不好、和對方分享有趣的事。

　　不確定是我已經真的在心態上、話語裡和一、二個月前有了明顯的變化，或是女生神祕難言的第六感，飯才吃到一半，在我甚至還沒想好該怎麼向妳開口以前，妳的眼淚就先流了下來。

　　當時，心裡第一個閃過的念頭並不是提問：「為什麼要哭？」，而是有些笨拙、緊張地從口袋裡拿出袖珍包面紙要幫妳擦去眼淚——像以前一樣，每次都不曉得該用什麼方式來安慰妳，也無法在當下就明白那些眼淚代表的意義。妳沒有

「你喜歡散步嗎？」

說話，只是掉著淚。有那麼一瞬間我想過或許這時候應該抱抱妳，就算我什麼也沒說，至少可以讓妳知道：「我就在這裡，妳願意開口的話，我都在這裡。」但就在我伸過手準備拍拍妳的背，再輕輕把妳擁入懷裡的時候，突然意識到自己似乎不應該再這麼做了。

我已經沒那麼愛妳了，不是嗎？

那陣子每晚的電話裡，當重複完了日常問候和生活分享後，在掛電話前妳總會先開口說「我愛你」，然後等待我回覆那句「我也愛妳」。只是隨著自己心裡對這段關係、對這份愛、對妳的感覺由濃轉淡，開口那麼一句已經不夠真心的話，變得好難。

如果真正愛過一個人，不愛的時候，是沒有

辦法假裝的，哪怕隔著電話兩頭要去說一個不夠真心的謊，也會變得彆扭、變得難以啟齒。

　　剩餘的那些情感，再也撐不起「愛」這個此刻顯得沉重的字眼。

　　默默地我又把手放下，以交叉像禱告般的姿勢，將手輕放在雙腿之間，眼神先是轉向妳，再低下頭來盯著凌亂的桌面，視線飄搖，像是知道自己做錯了事，等待懲罰落下的孩子。啜泣聲漸弱，外頭天色徹底暗下，走廊的燈也在此時亮起，沉默被妳打破。

　　「你不是應該有什麼話要對我說嗎？還是你不知道怎麼對我開口？如果……如果，你今天不說的話，以後我也不會想聽。你想清楚喔，有些話說出口以後，不管結果怎麼樣，我們，可能都

「你喜歡散步嗎？」

會變得不一樣了。」可能是因為剛哭過，話語之間帶點鼻音，就算裝作冷靜，還是聽出哽咽。

　　「我……」即便在心裡演練過許多遍相似的場景，真正要開口時還是遲疑，或許是心裡太過明白接下來的話該有多傷人。妳明明沒有錯的，眼前的這個人明明還那麼愛我，我甚至可能再也遇不到下一個願意愛我比愛自己更多的人。

　　「對不起……我們分手吧。」終於還是把心裡的話說了出來，緩慢篤定。

　　「不確定從什麼時候開始，好像慢慢就找不到以前相處時的那種感覺，想貼近妳、想多陪陪妳、想和妳多説説話，這些想要突然在我心裡消失了。我也想過，也許只是因為這段期間妳不在學校裡，一時少了很多相處的時間，所以才會這

樣，如果妳回來，可能我們就還是能和從前一
樣。可是……沒有，妳回來以後，消失的那些也
沒有回來，反而相較於妳，因為回到學校而有的
那種雀躍、因為好久不見而有的那種開心，讓我
更覺得很愧疚和有壓力。我沒有辦法在妳說『我
想你』的時候，心安理得地說聲『我也想妳』，
也沒有辦法在妳張開手想要我抱妳的時候，像以
前一樣把妳抱得更緊……

　「妳對我越好，我越想逃……我已經給不了
妳妳想要的感情，裝也裝不好、演也演不來。所
以我想，在這時候分開，或許對我們都好。」

　　我以為我不會哭的，結果眼淚還是自己掉了
下來。

　「我不答應……我不想要……你說的這些我
都知道、都感覺得到，你變了很多，我都知道。

「你喜歡散步嗎？」

我看過你愛我的樣子，怎麼會看不出來？可是我不想分開，我不想要聽你說對不起，我不在乎現在我愛你比較多，甚至可以不在乎現在你對我已經沒有什麼愛了。你不愛我沒關係，我來愛你就好啊！以前都是你對我比較好，從現在開始我會對你很好呀，我們不要分開好不好？我不要跟你分開……」

　　妳哭得像是丟掉了全世界一樣。

　　- - -

　　那次談分手的結果，就在幾個共同好友的勸解之後無疾而終，我沒能強硬地堅持自己的立場，妳也當作那天的事從未發生過。

　　畢業的日子還是來臨，我們分別去到不同的

城市就讀各自的大學，台北和台中，說不上遠，
也不算太近。

　　只是，兩顆心若是遠的，不管兩個人在哪，
都是遠的。

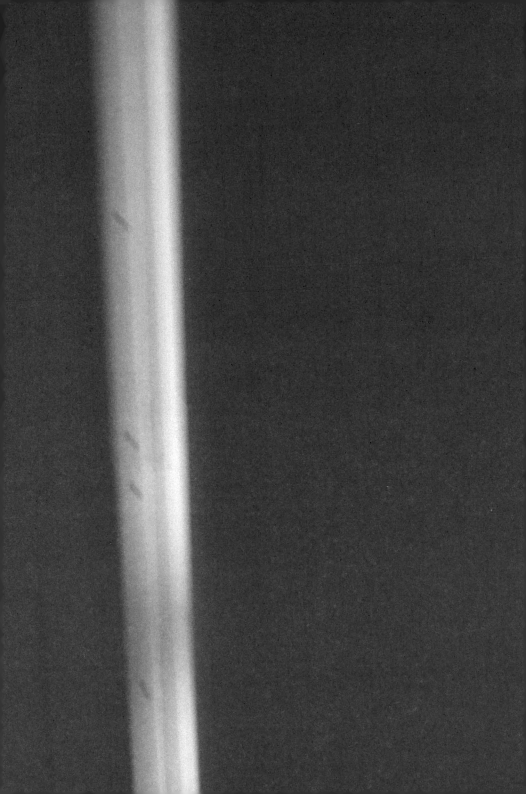

用手撥了撥毛呢大衣上的幾滴雨，像是清晨時結在葉片上的露珠，透亮清澈。把早已放在口袋裡的學員卡遞給櫃檯姊姊，她熟練地刷過一旁讀卡機，看了螢幕說：「今天用 12 號電腦喔。」並將我的卡片替換成一張上頭寫著「12」的護貝紙片，接著從左手邊的一疊淺藍色塑膠方盒中，拿出那堂法學緒論所使用的講義及試題，交給了我。

踏入補課教室的瞬間，感受到了一如既往的空調溫差，但相較外頭的濕冷，室內的冷氣反倒顯得溫暖許多。走到指定座位後，將背包放至一旁的地上，將做筆記所需的相關用具拿出，並把耳機插入主機面板上的耳機孔內，點開已配送至電腦桌面上的影片，便正式開始了補課。

坐在右前方的女生聚精會神地做著筆記，螢幕上的老師我並未見過，黑板一角寫著課程名稱為「工程數學」。看到畫面裡密密麻麻的公式及算式，讓自從大學後從未選修過一門數理相關學分的我頭昏眼花。

聽著耳機中有些催眠的老師聲音，分神地看著其他人的課程，心裡念叨著：「她應該是真的想要考上公務員吧？」隨後，腦海裡又浮現同樣的問題：「我為什麼現在會在這裡？這明明是不久前的自己所選擇的路，為什麼現在心中這麼不堅定？」

- - -

大學選系時，因為數學考砸了，所以沒能選上當時最想讀的商科。於是退而求其次，選擇了高中時成績表現較好、自己也相對有興趣的文組科系就讀。其實爸媽有些擔心，不清楚文科讀完畢業以後，究竟能從事什麼類型的工作，但還是尊重了我的意願，讓我到了我想去的地方。

大學是個自由的地方，但「自由」之意同時代表了「責任」：能擔負一定程度的責任，才有資格享有一定程度的自由。

在大一上學期時，我將大學當作是高中的延續來念，因此維持

著「傳統好學生」的樣子——認真上課、準時交報告、對所選課程積極參與、如高中那樣熬夜準備考試。沒有參與任何社團，並在課業表現上至少維持一定水平，與妳的關係也維繫得還算可以，每天一通電話，想到時就給對方發訊息。

但從大一下開始，我的所有日常，全都意外地脫離了正軌。

我突然間變得很迷茫，在沒人會主動管你的大學校園裡，我完全失去目標。並不特別擅長社交的自己，每天除了教室以外，最常待的地方就是寢室，生活開始日夜顛倒。每每到了晚上，明明沒有什麼正事要做，卻總是用著筆電直到半夜三、四點，看網路小說、看動畫、看電影、追劇等等。

蹺課則是一個連環效應，先是因為熬夜，所以隔天早上爬不起來上課。第一次蹺課後，心裡還會帶點愧疚自責感，可是同時也會覺得那些時間好像是多出來的、可以自行利用。一而再、再而三地不去同一堂課後，那時的罪惡感已經變得薄弱，更糟

糕的是會在心裡為自己找尋合理的藉口去逃避，像是：「都已經那麼多堂課沒去了，就算現在去我也一定跟不上教授的進度，倒不如繼續待在宿舍。」

該學期我選修了十七學分的課，但週一到週五我真正待在學校裡的時間大概不到十個小時，一週裡有 90% 的時間都待在寢室，毫無作為。我實際上的生活，是頹廢、迷茫、不知所向；可在朋友與家人的認知裡，我卻還是以前那個總是認真念書、好像只要努力就沒什麼事辦不到的自己。我推卻了所有朋友的邀約，停止一切社群媒體上的近況更新，除了每晚會打給家人的那通電話以外，其餘「不必要的聯繫」統統拒絕。

好像如果不再是以前的那個自己，或是活得不比以前出色，好像這樣的我，對我自己來說，就一點用也沒有，我一點也不想要這樣的自己被看見。

　　若說我們第一次的分手，是因為我清楚地意識到自身對妳愛的感覺的流逝而提出；而第二次的分手，則由妳開口。那段時間裡選擇逃避一切的我，覺得自卑、找不回企圖心、不值得被愛，在長達近兩個月的無聲無息以後，妳終究還是決定放手。

　　妳說，那並不是不愛了，而是太愛了。

　　「如果我再這樣努力愛你，怕是會毀了自己、也毀了你。」

　　後來我的大學生活，並沒有因為這段時間的墮落就從此一蹶不振，可卻也沒有開低走高。我還是沒有真正找到自己的方向，只是得為了更著急的事打起精神。

因為大一下幾門重要的必修學分沒能拿到，所以使得「準時畢業」這件事變得困難。從大二開始，我得開始精算每學期的學分數以及畢業門檻所需課程，成為變相的強制性短程目標。

　　至於感情方面，有幸又與一位女孩有過一段時間的相處，從初次認識、頻繁且生活化的訊息來往，到實際見面、彼此交心曖昧，都是累積心動的過程。只是當又到了選擇的岔路口，我還是對於「重新進入一段關係」感到害怕，擔心會不會像上次那樣再被自己搞砸、再讓別人因為自己受傷，害怕當下的自己其實不夠好，不能給她一個明確能走到幸福的將來，所以遲疑、所以退卻、所以拒絕。

　　「你不是不夠好，你只是太自私了……你永遠都只在自己願意談感情的時候、在你想曖昧的

時候，才變得主動，你永遠愛自己比別人多。

「告訴你『我喜歡你』，我並不後悔，只是我想我再也不會主動明白地去愛上誰。先愛上的人太累了⋯⋯下一次，如果我有選擇的話，我會選愛我的那個，不會再去追逐那個我愛的人。」她在最後一封信裡這樣寫道。

無法否認，又甚至是在讀信的瞬間裡認清了自己，我就是這樣的人，在被喜歡的視角下，被看得清清楚楚。

我愛不了別人，卻又這樣渴望被愛。
內裡的我已經擱淺好久，可時間卻不斷往前。

即將迎來的大學畢業，因為我並不打算繼續攻讀碩士，脫離了學生身分，緊接而來的便是現

實的問題：「要找什麼工作？一年後畢業的我真的有能力去做那個嗎？」其實心裡慌張，但卻不敢太明顯地表現出來。當爸媽在聊天時隨意地問起，我也總是笑笑地說：「還不知道耶！到時候順其自然吧！」

重複幾次相似的對話以後，媽媽提議：「不然你去報名那個高普考的補習班吧！如果你還不知道自己要做什麼，那不如去考個公務員好了，薪水不差、工作時間也算固定。在你想到你真正想做的事情以前，起碼你有個可以養活自己的工作。」

於是在全家人的附議，以及他們願意全額贊助補習班學費的情況下，我開始了從小學以後再沒經歷過的補習生涯，除去平日裡一週三天的晚間課程以外，假日也安排有不同科目的課程，會

你喜歡散步嗎？

隨著考試日期的接近，變得越發緊湊、密集。自己好像慢慢在吸收這樣完全未接觸過領域知識的過程裡，重新燃起一點對學習的熱忱，可是也時常帶有不踏實感，相較於班級裡的同學對於這場考試的迫切、下課時間裡環繞著老師提問的那種勤懇，我總覺得自己還像是個局外人，無法全心全意地就為了這件事而拚命、而努力。

或許我還是驕傲地認為自己總有其他選擇，認為這不是自己真正要的。

因為快轉的關係，補課影片提早了半小時左右看完，右前方的女生將影片停格在某個畫面，手裡的所有動作都停下，斜著頭認真地看著桌上的講義，似乎是在試圖釐清某個算式裡所運用到的各種概念。

快速地收拾好東西，不帶任何留戀地開了門、走出教室，櫃檯姊姊帶著有些驚訝的表情幫我換回原來的學員卡，說了句：「掰掰。」我也禮貌地回覆，出了自動門後拿起放在外頭的摺疊傘，決定不搭電梯逕自走下樓。

外面的雨已經停了，居然還出了點太陽，但還是很冷。將大衣又拉得緊了一些，心理上覺得好像會保暖一點。如期完成了自己該做的事，心情放鬆許多，等等買午餐回宿舍，吃完之後就可以睡個舒適的午覺了，想了想都不禁笑了起來。

一個人走在回去的路上，不疾不徐。突然想起高中熱戀時，20分鐘的那一節下課，我們總會把握能待在一起的時光，我陪著

妳解數學講義裡解不開的難題，或是妳陪著我到行政處室處理事情。明明是已經看膩了的校園，我們一起走的時候，妳卻總是很開心的樣子，我問妳：「妳這麼喜歡散步嗎？」

妳笑著說：「我不喜歡散步呀！是因為喜歡一起散步的人，所以才喜歡散步。」接著妳偷偷牽了我的手，用近得像是親吻的距離貼在耳邊，溫熱的語氣騷動耳膜：「那你喜歡散步嗎？」

一個人的時候，真的很難說得上喜歡與否。

不過只是我喜歡也得走，不喜歡也得走。

我的喜不喜歡，在那些我其實無法決定的現實面前，一點用也沒有。

你喜歡散步嗎？

我現在想你的話，你還會想我嗎

／ 原來

現在已經不會
那麼頻繁地
覺得自己糟糕
只是有時候想到你
就會順帶想起
原來曾經我也
那麼好

拖了好久，以為會自行痊癒的感冒還是沒好，終於還是去看了醫生。

從小因為氣管不好加上過敏性鼻炎，使得我一整年幾乎都患有類似感冒的症狀，像是季節交替而在短時間有明顯溫差時，或是新聞報導裡提到近期台北空氣品質變差，出門時務必攜戴口罩時。同事們都笑稱我就像「人體空氣檢測儀」似的，會在第一時間做出反應，要知道那些預報或報導準不準，可以看我的反應程度做出初步判斷。

也因為如此，除非是有發燒或上吐下瀉的症狀，我常常沒辦法準確地知道當下的自己究竟是感冒，或只是因各種天氣變化而造成「稍微劇烈一點」的身體反應。久而久之，也不知道是自己的抵抗力變好了，還是因為自己太遲鈍了，也許某種程度上會被說是逞強吧，越來越能適應一定程度上的身體不適，過久一些它就自然好了。出社會以後，平均一年裡因為感冒看醫生的次數，大概只有一、二次。

昨晚加完班後，在座位上伸了個懶腰，順勢起身，左右轉動與電腦僵持、相視已久的脖子，意外地還發出喀喀的聲響，有點嚇到自己。點開桌上一旁插著充電的手機，螢幕上頭顯示8:07。

「咳⋯⋯咳⋯⋯」隔著口罩稍微用力地咳了兩聲。這一兩個禮拜來，咳嗽的頻率比平常高，喉嚨也一直癢癢的。專心在工作上時，好像會忘記要咳嗽，但一放鬆下來就又會咳了起來。

原地迴轉三百六十度看了一眼，部門裡有三位還在奮鬥的同事們，心裡泛起一點點的小確幸：「原來自己不是最後一個走的！」上週老闆在部門會議結束前，提到年末報告差不多可以開始陸續進行，雖然距離正式報告差不多還有一個半月左右，但資料的彙整、比對需要花很多心力和時間。

「相信去年大家都經歷過，如果不提早做的話，之後會越來越趕喔！這算是溫馨小提醒。」她說完話以後，帶著燦爛的笑意

我現在想你的話，你還會想我嗎

推開門，前往下一場會議，留下笑不太出來的我們。

加班結束，收拾好東西離開公司以後，看了時間尚且不算太晚，下午和同事們一起吃的麵包還讓胃有點飽足感，就算還沒吃也不太餓，就久違地搭著公車去了健身房。一方面是消除下午吃了精緻澱粉的罪惡感，一方面是紓解近期因趕製報告所累積的工作壓力。

經過重訓、有氧各四十五分鐘的折磨後，終於拖著疲憊但放鬆的身子離開了健身房。隨後簡單地在 7-11 吃了頓輕食晚餐，就滿足地回了家，結束充實的一天。

「……做這種年末報告其實是這樣，所有的數據都已成定局，過去表現不好的部分已經無法挽救，這時重點便在於『呈現報告的技巧』！妳絕對不能在資料上作假，但可以做到的是將表現好的部分做深刻地強調，讓老闆知道妳真的有做得不錯的地方；而表現較差的時間段則迅速且輕描淡寫地帶過，緊接著要馬上提出準確的改善方式，並描述該方式能帶來的預估獲益及未來展望。這樣一來，雖然老闆還是看到了妳一部分不太理想的表現，但同時也會看到妳的上進心，知道起碼妳有認真想要改進，就算可能只是演的……」

去年這時候的一個週五夜晚，場景是我房間，我睜著有些疲澀的雙眼還在整理資料，表格內的一堆數字看得我眼花撩亂。你坐在房間的地上，一邊吃著我在轉角麵包店給你買的甜甜圈，

我現在想你的話，你還會想我嗎

121

一邊看著電視，舒適到不行，然後還有閒情逸致
給我指點江山、順帶抱怨。

　　「這就跟有時我們吵架，我明明覺得自己沒
錯，卻還是要跟妳道歉一樣。人生嘛，演戲是很
重要的啊！」你接著說。

　　我們並不在同一家公司工作，但兩個人的工
作性質差不多，所以比我多了八年工作經驗的
你，總是可以給我很多專業相關的協助，雖然可
能都已經是多年前的經歷了。

　　喝了口你在公司附近幫我買來的熱可可，先
按下左上角的儲存，以免剛剛的努力全都白費，
接著雙手手指交叉，以波浪的方式活絡手腕，作
為暖身。離開電腦椅，悄悄地坐到你身旁：「所
以……你覺得都是我錯囉？上次你在路上明明就

看了其他女生，還看了很久，問你的時候還死不承認，這是我的錯嗎？還有一次你因為前一晚上跟朋友打遊戲到太晚，隔天睡過頭，錯過我們約好的電影，這是我的錯嗎？蛤？」

　　我真的沒有生氣，臉上一直帶著笑容，倒是不知道為什麼，你一臉僵硬的笑意還帶點恐懼，不斷後退，直到抵住了身後的衣櫃。

　　「呃⋯⋯我是說有時候嘛！看電影那次的確是我的錯，我有深切地反省！至於在路上看妹⋯⋯不是人之常情嗎？那是欣賞美的事物啊，我是以一種藝術的眼光在看她們，完全不帶任何一點其他的遐想！別⋯⋯別動手喔，我會叫喔！妳這隔音不是很好，被鄰居聽到不太好吧！等等，我知道我錯了、我投降，投降輸一半可以吧！啊！救⋯⋯嗚⋯⋯」作為一個推崇理性溝通

的女友，我怎麼會沒有辦法理解你所謂的人之常情呢？所以，同樣道理，當時的你也應該能理解我的苦衷，我也實在是真的忍不住，才會不小心激動了些，像是捏人什麼的、像是拿毯子摀住怕你叫太大聲什麼的。我平時並不是這樣的人啊，你是了解我的。

　　還記得電視畫面上，播的是周星馳和劉德華主演的《賭俠》。

又是一年過去了，最近電視偶爾還是會播周星馳的經典電影，最近工作偶爾還是會覺得需要幫助，最近偶爾、偶爾還是會想你。

可能是昨晚剛運動結束後，因為覺得身體暖暖的，出健身房時便沒將外套穿上，回家前的那一小段路還淋了一點雨，結果今天一早就明顯感覺到身體不太對勁，覺得頭很重、昏昏沉沉的，身體溫度應該比平時更高，卻還是覺得很冷，全身都有些使不上力氣。

進行早晨的盥洗時，漱口杯都拿不穩，一度差點昏倒在浴室裡頭。用了比平時多上近一倍的時間，把睡衣換成上班該穿的模樣，化上點淡妝掩飾有些蒼白的臉色。

出門前，坐在床上認真考慮了一下，到底該不該請病假、在家好好休養一天？想著想著，又想到了今天也正等著我去進行的工作，還沒寄出的工單，與業務約定的會議和完成度可能不到 20% 的年末報告。

「還是得去上班吧，雖然如果請假，有些事可以麻煩同事幫我完成，但她們這幾天自己也都很忙，還是別增加她們的工作量了。」只要撐過今天、上完今天的班，晚上早一點回家、好好休息一晚，應該就會自己好了。我只要撐過今天就好，不用麻煩別人的。抱著這樣的想法，穿著最厚的外套，戴著必備的口罩，我還是出門了。

「……欸！38.9度耶！這樣不行啦！妳現在就得去看醫生了，下午如果妳還有什麼一定得今天完成的事，我們再幫妳處理。剛剛已經跟老闆說過，也幫妳請好下午的假了，妳趕快把東西收一收，等等看完醫生就直接回家休息。」

努力地撐過早上的三個小時，中餐的餐盒只吃了兩口就沒了胃口、甚至想吐，趴著休息超過一小時半以後，坐在我後面的同事忍不住詢問起我還好嗎，用手背碰了碰我的額頭，發現燙到不行，接著用不知從哪借來的耳溫槍幫我量了體溫，有些激動地對著一臉茫然的我說。

我現在想你的話，你還會想我嗎

人好像總是這樣的，無論身心靈的狀態，當人越是脆弱的時候，越能敏感地感受到別人對自己的好。但那並不只是因為時間點的關係，並不是在那樣的時間裡，一分的好就會被誇飾成百分的好，而是對於接受的人而言，此時的好會被更深刻地記得，會更真切地體會對方之於自己的真心，並會期待自己能以更好的姿態回饋、報答，就算對方並不是為求回報而為之。

在往下的電梯裡，背著背包、提著筆電的我是這樣想著同事們，想著她們剛剛很為自己緊張的模樣，更一直問說需不需要她們其中一個人也請假陪著我去醫院就診，說如果我不選擇搭計程車，不然至少可以陪我走到捷運站搭車，其中甚至有一位是懷有寶寶的同事。雖然最後我都還是婉拒了她們的協助，但心裡覺得暖洋洋的，身體的不適感也好像減少了許多。

在職場上能遇到真心相待的同事們，覺得很不容易，也在心中偷偷決定，等這次生病好了以後，一定要再對她們好一點、再好一點。

或許因為是平日非上下班尖峰時間的關係，這個時間點的捷運不算擁擠，這節車廂裡沒有空著的座位，但站著的人也不多。我坐在靠窗的位子上稍微休息，因為剛剛在公司有睡過好一陣子，所以睡意並不濃烈。而且車上從沒讓人失望過、總是強到不行的冷氣，讓我身體無法控制地有些顫抖，所幸幅度並不明顯，否則怕是會嚇到其他的乘客。

坐在我身旁的是一位感覺和我活在相反半球、季節截然不同的女孩，僅僅穿著一件上頭印著一片紅色西瓜的無袖背心，搭配一件緊身的黑色長褲。正用著 LINE 之類的通訊軟體和朋友聊天，但她好像不太喜歡打字，總是在看完對方的訊息之後，將手機的麥克風孔盡可能地靠近自己嘴邊，用語音的方式進行回覆，內容聽起來像是在討論著晚上聚餐的餐廳。

遇見你以前，我也和她一樣。

我現在想你的話，你還會想我嗎

　　雖然用手機打字的速度也不慢，不過可能的話還是喜歡用語音的方式留訊息或回覆，相對便利、快速許多，不用一直修一些錯字什麼的，而且比起平鋪直敘的文字訊息來說，更可以從語氣裡面判斷或表現情緒。

　　但你不喜歡。

　　除了真正見面時的相處、面對面聊天以外，你不喜歡接電話、你不喜歡視訊、你不喜歡非得戴上耳機去聽那上頭只有顯示秒數的幾則語音、你不喜歡某種「未知感」，不像文字訊息那樣可以先通過螢幕上頭的通知，能夠先看到對方大致上要溝通的是什麼事情，而你可以藉之判斷先後緩急的程度來安排你自己回覆的時間。

　　為此我們還吵過幾次架，因為我每次只要用

語音回你，你就有點任性地不聽不回，就算上面寫著「已讀」，但你還是都不願意打開來聽。甚至在我還因為你這樣而生氣、而冷戰的時候，你傳來訊息，我以為這次你終於肯讓我一點、先退一步道個歉之類的，結果你傳的是一個連結，標題是：「寧願訊息也不願意打電話，心思敏感的人可能有的電話恐懼症」。緊接著下一秒傳來的是：「對我來說，打電話跟聽語音訊息一樣，請溫柔可愛的女友大人體諒一下心思敏感的我。」順帶附上了一個正在發射愛心的可愛貼圖。

　　「我體諒你個大頭鬼啦！心思敏感的話還會不知道老娘正在生氣！思想能有多遠，你就給我滾多遠！」男友就是有這種神奇的魔力，可以用一、兩則訊息的時間就讓原本正在氣頭上的女友更上一層樓，真的是氣到笑出來。

我現在想你的話，你還會想我嗎

後來我還是依著你的意思，慢慢戒掉了傳送語音訊息的習慣，就連只有閨密在的聊天群組也同樣，那一陣子她們還問我是不是生病了，是不是聲音變難聽了，所以不好意思讓她們聽見。

　　我們兩個人都有各自無法妥協的一部分，可那並不是因為我們不夠愛對方，無法為對方而改變自己的習慣，而是經過相處、經過爭吵、經過溝通以後，我們都會更懂得彼此在各種事情上的「底線」，正是因為愛、因為理解，所以願意在兩人的需要互相衝突的時候，評量自己能夠做出讓步或改變的地方，並試著去適應這樣一個新的自己，讓我們可以繼續牽著手、走接下來的路。

　　以前我會很偏激地覺得：「如果真的愛的話，就應該要愛原來的我，我就應該不需要為他做出任何改變。」可是遇見你、愛上你以後，才

知道為了喜歡的人而改變自己，原來是那麼自然的事情，就算你並沒有開口要求，還是會想要為了你，變成一個更好的自己。就算有時候，理由並不是「變好」，而是變成「你喜歡的樣子」，也並不會覺得委屈、難受。

因為一直以來也都能看見你為我做出的改變和努力，因為我們都很努力讓自己成為這世界上最適合對方的那一個，因為我知道如果我是為了你而讓自己退了一步，你會是最心疼的那一個。

只是終究，還是有那種情況是一個人踏錯了一步以後，另一個人再努力想要去原諒、去裝作不在意，還是會做不到的，所以我們才會是現在這樣：明明在同一座城市裡生活、明明知道對方在哪、明明已經磨合到那麼適合對方，卻不能再相愛。

用手機先查了醫院裡下午有看診的耳鼻喉科醫師，掛號成功後，頁面顯示診間的相關資訊以及預估到號時間，大概還有四十五分鐘左右。在心裡盤算了下捷運到達該站以後，加上目前行動緩慢的自己走路過去的時間，大致上會滿準時抵達的。

「……那就妳說的那家吧！我等一下就訂位，加妳總共四個人吼？那我就訂今晚六點半四位喔……蛤？要七點喔，妳怕要加班？好啦好啦，先這樣，我差不多要下捷運了，掰掰！」一旁的女孩最後還是選擇直接用打電話的方式討論，在下車前好不容易得出一個結果，講完電話以後就把手機放進側背的小包裡，離開了車廂。

睡也睡不大著，滑手機的話又怕頭暈的我，索性就觀察起了此時車廂裡的其他乘客，近一些的有像是大學生的情侶檔，女生把頭靠在男生的肩膀上說著話，男生則是看著橫放的手機邊回覆著；稍遠一些有帶著兩個孩子的媽媽，看起來年紀和我相差不大，或許不到三十歲。孩子們是一對姊弟，弟弟咬著奶嘴在

推車裡睡得很舒服的樣子，姊姊則看著熟睡的弟弟，時不時捏他一下，或是把弟弟的奶嘴給拿走，在弟弟快要哭出來的時候再馬上塞回去，煞是可愛。盤起頭髮的媽媽感覺有些疲憊，連打了幾個哈欠，卻又不敢真的睡著，像是怕錯過了下車的時間，又怕沒顧好他們兩個。手裡幫姊姊理順著有些亂掉的頭髮，一邊轉過頭去看看睡著的弟弟，微帶笑意，眼裡的愛幾乎就要滿溢出來。

我現在想你的話，你還會想我嗎

　　你很喜歡孩子，身為長子，也到了傳統觀念上覺得應該要成家立業的年紀。在我們交往期間，你爸媽也不斷明示暗示著，如果時機差不多了、如果確定是這個了，就該把婚結一結了，可能的話最好是抓緊時間生一個孩子，讓他們能夠在家含飴弄孫。

　　在那些時候，我總明確地感覺到八歲的年齡差距，在我還想在外面多闖蕩、多嘗試自己有興趣的工作時，已經有人對我抱有另一種身分的期待，稱不上是惡意，卻是一定程度上的壓力。

　　雖然你總會為我說話，和他們說我還年輕，不應該太早被家庭給綁住，可你幾次問我要不要考慮嫁給你，被我瞪、被我以還沒準備好的理由回絕時，眼神裡的失望和接話時的停頓卻又那樣明顯。

其實我已經想好了要跟你走一輩子，但卻無法在這樣的年紀，給你當下最想要的答案或結果。年齡的差距說真的並不是影響如今這一切的答案，重要的或許是我們從來就沒有明白地向對方坦承自己的心意，我以為如果會在一起一輩子，會發生的一切就始終會發生，我不知道我什麼時候會能有承擔起另一種身分的肩膀和成熟，但我始終願意，只要那個人是你。

　　可我卻一直沒能告訴你這些，我以為你會懂，以為時間會等我，以為你會等我。

我現在想你的話，你還會想我嗎

「剛做的快篩結果出來囉！雖然有發燒，但還好不是流感，只是一般感冒而已，所以就不用吃克流感。我給妳開一個禮拜的藥，三餐飯後跟睡前吃。盡量不要熬夜吼，不要吃冰的、炸的，按時吃藥就會好了！」看起來比網路上的照片年輕許多的醫生親切地說。

弱弱地說了一句「謝謝醫生」後，在護理師的陪同下出了診間，她拿給我批價單和健保卡，並提醒我要先到一樓大廳進行批價繳費後，再去對面的藥局那領藥。含在口中的謝謝才說了第一個字，她就已到一旁用稍大的聲音喊了下一位。就算她已經聽不到了，我還是接著把那句謝謝說完，然後搭著手扶梯到了一樓。

在等待批價時，回覆了工作上與其他公司合作的信件，也回覆了同事們發在群組裡的慰問訊息，表示自己現在剛看完醫生，等拿完藥後就要準備搭車回家休息了，和她們說確定不是流感，請不用擔心會被我傳染，也和她們說謝謝，幫我處理了原

先下午該解決的相關業務。

「我也是這樣算的啊！但為什麼我跟你最後答案不一樣？我檢查過兩、三遍了說，你確定沒有不小心哪個地方計算錯誤嗎？」後頭倒數第二排座椅上有著兩個穿著制服的學生，看起來不像兄弟，應該是朋友。他們克難地坐在地上，把座椅當作書桌，討論著數學講義上的問題。

相同的算法，最後不一定能得到相同的答案，是嗎？

我現在想你的話，你還會想我嗎？

　　我們透過交友軟體才認識了生活圈以外的彼此，最後卻也因為交友軟體而分開。

　　「你是什麼時候又把那個 APP 給載回來的？你跟她認識多久了？如果只有一、兩個月，不可能有那麼鹹濕的聊天記錄吧？你們發生關係了嗎？她該不會比我還小吧？你愛她嗎？還是我應該問的是，你還愛我嗎？」那個輪到去你家裡過夜的週末，晚餐散步回來以後，你先去洗了澡，有人傳來消息，名稱上顯示是兩顆紫色的心，內容很甜蜜，甜蜜得刺眼。

　　「妳看了我手機？」正用毛巾把最近才去剪短的頭髮擦乾的你，第一句話居然是質問我。

　　「是她找錯時間點傳訊息給你。如果不是這樣，你還打算瞞著我多久？」幾乎顧不得傷心，

更多的是生氣和失望。

　　「我沒做什麼對不起妳的事情，和她聊天也只是因為最近工作事情很多比較煩躁，算是消遣吧，各取所需，我想講她也願意聽。我根本沒對她怎樣，那些妳覺得鹹濕的內容跟照片都是她自己傳來的，她願意，我有什麼辦法？」

　　「你有什麼煩惱不能跟我說，一定得要找一個陌生女人講，還是一個明顯對你有意思的女人！你不避嫌就算了，還順著她、讓她想幹嘛就幹嘛？各取所需取到最後，就取到床上去了？所以這就是你所謂的愛我，會不會太廉價了一點？原來不一定得是我，只要喜歡你的話，是誰都行。」

　　突然覺得你好噁心，散步時被你牽過的手好

我現在想你的話，你還會想我嗎

噁心，在浴室前的親吻好噁心，我好噁心。

　　我自以為是的特別、因為相愛而建構起的世界，在一瞬間全部瓦解。

　　但兩個人的關係並沒有因為那次爭吵就完全斷開，哭過了好幾天以後，我還是選擇相信你說的那些、說你只愛我、說以後不會再犯。

　　但其實我沒有真的相信，我只是對自己說謊，我只是捨不得。

　　我的捨不得、我的以為還愛，才讓後來的我傷得透澈。最後像是用強力膠勉強還拼湊在一起的那段時間裡，你對我很好、好得無可挑剔，可我卻對你說的每一句愛我都抱有懷疑，明明你還是那麼好的。

無法停止去質疑一個愛自己的人，讓我覺得
自己很壞、很糟糕。再沒有辦法純粹地去愛你，
讓我之前的努力、我的相信，都像是一個笑話。

　　愛你、這世界我最愛你，曾經是讓我最自豪
的事，最後卻成了我最無處安放的傷痕。

　　相同的過程，不一定會讓她和我都得到同一
個結果，不一定你就會愛她，可我不敢去賭。

我現在想你的話，你還會想我嗎

拿完藥後，搭捷運回到租屋處附近。雖然還沒到晚餐時間，但因為中午沒吃什麼，加上需要吃藥的緣故，就先在樓下麵攤吃了碗小的清湯麵。

回到房間，吃過藥以後，只將最外頭的大衣脫掉，就直接躺在了鋪有毛毯的床上。或許是藥的副作用，明明床還是同一個，卻覺得整個身體一點一點地陷到裡頭，輕飄飄的、有種被包住的錯覺。

側過身子，調整一個合適的姿勢，目光的一角瞥見小冰箱上搖搖欲墜的便利貼，是半年前我們真正分開的前一週，你貼上的：「草莓優格再過兩天就過期囉，要記得吃！牛奶還可以放五天，但不要一拿出來就急著喝，稍微放涼一點後再喝，沒那麼冰對身體比較好一點！妳氣管不好，所以要多注意啦！看到這張便條紙的時候，可以想一想我，因為我一定也在想妳。」加上一顆塗滿的愛心。

閉上眼睛，睡著前閃過腦海的最後一個念頭是：

「我現在想你的話，你還會想我嗎？」

我們不商合

╱ 願望

我總是希望

妳能擁有所有世上最美好的

而我也真心相信妳值得

可能是因為這樣吧

妳才不能愛我

妳才不能繼續愛我

是我自己許的願啊

是我的錯

最近好像有點咖啡因上癮。

早上到公司後和午休睡醒後的第一件事，就是泡上一杯咖啡提提神，幾乎變成一種習慣，以至於我有些不確定到底是咖啡因真的對自己起了作用，還是心裡的某種制約性暗示，讓我非得完成這樣的流程，才能快速進入工作需要的狀態。

也或許，單純只是咖啡因和失眠的惡性循環。無法確定兩者之間的因果關係，畢竟現代人夜裡睡不著覺有很多原因，如果單純只是因為咖啡，可能還算得上是件好事，戒了就行，怕的永遠是那些一時半刻戒不了的東西。

從一個以前非拿鐵不喝的人，到開始嘗試、開始懂得欣賞黑咖啡的純粹，就覺得自己好像離所謂的「成熟」又近了一步，像是在大人清單裡再勾選了一項。

將馬克杯沖洗乾淨後，在一旁置物櫃墊上一張衛生紙，將杯子

倒放晾乾。確認公司信箱裡沒有需要回覆的信件，查看 Skype 沒有其他同事傳來的新訊息，才算完成了下班前的 SOP。

今天得要準時下班才行，和設計師約好了晚上七點剪頭髮，擔心若是晚了，會耽誤到她下班的時間。看了看訊息記錄，距離上一次剪頭髮居然已經過了快兩個月。雖然冬天頭髮長些好像保暖一點，但是這樣一來洗完澡吹乾頭髮得花上較多時間，二來是不大好整理，常常早上起床後看到鏡子裡自己的髮型，只有四個字能形容：「見不得人」。

和這個設計師已經認識五年了，從我還是大學生、到現在成了工作一年多的菜鳥上班族；從剪一次頭髮要六百元，到現在漲到八百元；從一位原先成熟卻帶著青春氣息的姊姊，現在搖身一變已成兩個孩子的媽了。

她算得上是我如今只會越來越狹小的生活圈裡，少數幾位異性朋友。雖然並不是真的很熟悉，平時也不是有事沒事會約出來

我們不適合

吃飯的那種關係，但在一至二個月一次的會面中，半小時到四
十五分鐘的時間裡，總可以說上一些話，關於生活、關於工
作、關於天氣、關於妳。

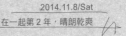

　　「你有沒有想過要換個髮型啊？我不是説你
現在這樣不好看，我只是覺得好像可以更好看一
點。你記得嗎？我之前跟你説我想要把頭髮剪
短，你卻説你更喜歡長頭髮的女生，硬是不讓我
去剪。為了符合你的喜好，我就沒去……這麼説
的話，你應該也可以因為我，去剪個我喜歡的髮
型吧！我現在這個設計師也有在剪男生的頭髮，
不如我帶你去給她剪剪看，搞不好你也會喜歡新
造型的喔。」靠右站在往上的電扶梯，轉過身的
妳在比我高一階的地方摸著我的頭髮，先揉亂了
以後，才又重新但隨便地整理一下。

　　我抬起頭，用哀怨的眼神看了説完話的妳一
眼，妳笑得更開心了。

　　「妳的設計師，正嗎？」不知道哪根筋不
對，或是覺得可能大庭廣眾下妳不敢對我怎樣的

我們不適合

關係，調皮地問了這麼一句。妳先是有點錯愕，當下妳的眼神如果能被解釋成一句話，說的應該會是：「你的勇氣，是跟梁靜茹借的嗎？」接著原先搓揉頭髮的雙手瞬間變成爪狀，使出前所未見的力道按壓我的頭部。

說時遲那時快，我連忙較大聲地擠出一句：「對不起，我開玩笑的！」

又經過了十秒的蹂躪，才總算逃過一劫。

「我其實真的想問的是，妳的設計師會不會很貴啊？我從國中開始到高中畢業，都是給家附近認識的阿姨剪的，她都只收我一百塊耶！」

以前總不覺得要有很帥的髮型，不只因為學校有髮禁，還有那時一心只想著要考上好學校，

沒時間分心其他相對不重要的事。升上大學到台北之後，是有比較在意一點，但還是會因為價格，然後去找稍微便宜點的理髮店，想著也不用太「瞎趴」，至少不會難看到很突兀就好。

「事實證明，這樣還是可以找到女朋友的嘛！髮型不夠帥，臉夠帥就好啊，妳說是不是？欸……妳要去哪？等我一下啊！」受不了我的自戀，或是怕別人聽到自己的男友說出這麼不要臉的話，像是逃跑似的，妳離開了現場。

- - -

後來，一次用餐後的閒聊，妳回想起第一次帶著我去找她時，覺得好像是媽媽帶著孩子去看醫生。因為我不太習慣和陌生人交談，尤其是陌生女性，常常僅用「好」、「嗯」回話，明顯地

我們不適合

能看出我的緊張不安。明明是我在剪頭髮，妳們
倆卻是聊得很開心，還順帶替我決定了造型，就
像家長帶著小孩去看醫生時，當醫生問說有什麼
具體症狀，都是家長代為回答那般。

「怎麼樣？六百塊值得吧！我就說給她剪的
話，會很好看的，新髮型超適合你的！」

設計師拿著手提方鏡，透過鏡子的反射，讓
我看看剪完以後，後方及左右兩邊的樣子，妳也
在鏡子裡頭帶著驕傲的微笑看著我。

「如果妳很喜歡的話，那我就覺得值得
呀。」側仰過頭，像是在撒嬌一樣地靠著站在椅
子後頭的妳。

我喜歡新的髮型，但我最喜歡的是妳也喜歡
這件事情。

從那時到現在，除了當兵的那四個月，體驗了這輩子還沒嘗試過的極短平頭以外，我都沒再換過設計師。就算後來找到的工作離理髮店有些距離，搭車得花上四十分鐘車程，途中還得轉車，我還是沒想過要換。至於髮型，每一次她問：「這次還是跟以前一樣嗎？」我也都給了一樣的回覆，她倒是也樂得輕鬆，不必再花多餘的時間和心思應付我的要求。

適合的髮型可以跟著一個人好一陣子，甚至是一輩子；可是適合的人，卻不一定。

- - -

在闔上筆電以前，點了一旁開著的 Facebook 分頁，看了一眼。最上頭顯示了七年前的動態回顧，貼文上是我們一群高中朋友討論著十五或二十年後，等到大家都在各自的事業上有所成就後，就一起出來創業，說著要合資開家餐廳，取名叫「陽泉酒家」，名稱完完全全抄襲《中華一番》裡的那家餐館。

當時還沒有「動態回顧」的功能，沒想到會在之後每年的同一時間都被提醒，覺得有點好笑、有點羞恥，也有點懷念，那樣年少輕狂的我們，敢把遙不可及的夢想掛在嘴邊，對未來充滿憧憬。

貼文裡標記的朋友們，現在也都還在同一個聊天群組裡，群組的名稱從最初的陽泉酒家又陸續換過幾個。如今我們各自忙著各自的事情，多數已經踏入職場、有了工作，有一、兩個則還在讀研究所。聊天的內容仍然一點營養也沒有，而不同的則是多了許多抱怨，工作上的、生活上的、感情上的都有。那裡像是一個大型的垃圾掩埋場，或是一處能接收各種聲音的海邊，可以訴說所有想說的話。但千萬、千萬不要期待什麼太正經的回答。

有些人發揮了大學時所學的一技之長，找了份相關的工作，應該算得上是喜歡自己正在做的，卻還是難免會有抱怨，像是：「主管很機車」、「同事很雷」、「加班費不知道該不該報」

之類的，有些人則是「不務正業」，工作內容和所學一點關係也沒有，薪水不錯但工時長的朋友會抱怨沒有自己的時間，工作輕鬆卻薪資較低的朋友會抱怨偶爾突如其來的工作量。

以前隨口說的十五或二十年後要做的事，如果像是玩遊戲破關那樣，一旁會有著所剩的時間和目前任務完成的％數字，我想，現在的我們應該是緊張的吧。已經過去了一半左右的時間，卻好像什麼都還沒能做到，甚至有時候還是很迷茫，不能確定自己的未來在哪。

在某個地方、某份工作上有了一定的成績以後，就依附著那樣短暫的成就感活著。在真的思考自己是不是真的喜歡做這件事之前，先告訴自己：「至少我能把這件事做得不錯！依照我的能力，能維持這樣的日子就已經很好。」於是就不敢動搖當下自己平淡無奇的生活，有點像是得過且過，不願意拿現在穩定的日子去賭、去闖，哪怕是要去做自己真正渴望的事，卻變得那麼懦弱。

我們不適合

不知道其他的朋友是怎麼想的，就我所知，從社群軟體上看到的、聽到的他們，都過得很好，比我好，或許他們沒有這些問題。當他們在討論著要投資或是買房置產時，我還在想著這些可能其實一點也不重要的事情，好像只剩我一個人困在原地。

或許是這樣妳才要走。

　　我一直在日漸熟悉的生活裡，依賴一種相對的安穩：找習慣的設計師、去習慣的超市、看習慣的街景、聽習慣的歌、用習慣的方法、愛習慣的人。

　　和七年前的那個自己比起來，我不是沒有變好，只是還不夠好吧，對我而言、對妳而言、對台北而言、對這個世界而言皆是。

　　我不夠好，但我應該要更好；我知道，我卻做不到，而那或許不是真的，所以一切才顯得糟糕：我不是不能前進，更多的是我不想前進。

　　應該要在對的時間，做對的事情，我卻老是拿現在緬懷著過去、後悔以前那些就算真的錯了但也已改變不了的選擇，老是想像著多好的未來，卻一步也踏不出去，只是讓那些想像和我每

天反覆製造的矛盾傷害自己。

　　人好像都是這樣的，其實一開始還沒壞得那麼徹底，明明只是想要變好而已，卻對那樣的「好」有了太過極端的著急。因為差距遠了，所以想要一蹴可幾，先是渴望、然後做不到，然後更渴望、然後更做不到。

　　太期望向上的心，到底反而成了相反方向墜落的崖，最後才自己毀了自己。

　　我沒有不快樂，領薪水的時候很快樂、和朋友吃火鍋的時候很快樂、週六睡到自然醒的時候很快樂，卻已經很久沒能真的放鬆地開心起來。

我們不適合

「欸，你們跨年要幹嘛？」群組裡的朋友傳來訊息，我暫時沒打算回。

下班時間的捷運上擠到不行，還好一直把手機握在手上，不然可能就連從牛仔褲口袋裡拿出它來都有困難。我站的位置正前方坐著一位 OL，左手拿著一杯聖誕配色的星巴克，右手滑著手機，比起我、比起站著的多數人群來說，明顯愜意許多。

在台北，聖誕節的氣氛營造早就不知道提前開跑多久了，從咖啡店的紙杯配色、書店外的相關擺飾，到各大鬧區顯眼的聖誕樹、亮到會以為是白天的街區燈飾……更別提如果挑錯時間去，大有可能會在人群中迷路的耶誕城了。

妳說過，一年裡除了生日月以外，妳最喜歡的月分就是十二月。有很多原因，例如因為妳怕熱，台北的十二月通常都是涼涼的，甚至是冷的程度；例如十二月有聖誕節又有跨年，就算我們不特別慶祝、我沒為妳準備禮物，至少我們會花時間聚在

一起，什麼都不做也好，我們有很好的理由可以陪在彼此身邊；例如十二月時，整座城市都顯得開心起來。一年又要過去了，不管過得怎麼樣，不管那年曾經許下的新年新希望到底完成了幾個，至少平平安安地又過了一年，那就是好的。

想起曾經在耶誕城裡，為了不把彼此弄丟而握得很緊的手；想起在跨年夜時，待在房間裡看著電視一起倒數，面對面和對方說了那年第一句新年快樂，接著熱烈地擁吻，不理會電視那頭一整座城市正要開始，或已經結束的狂歡。

想起妳了，我想妳了。

「哈囉！這次還是跟以前一樣嗎？」她將上一位正在等待燙髮的客人交代給一旁的助理，帶著熟悉的笑容走了過來，還是同樣那一句話。

「這次我想換個風格試試看，已經四、五年都剪得差不多了，

我們不適合

我想妳應該也膩了吧！」今年都要過去了，想換個新髮型迎接新的一年。「我看最近滿多男生流行油頭的，妳覺得我適合嗎？還是妳隨便再幫我剪個妳覺得適合我的，就像第一次我來的時候一樣？」

我看著鏡子裡的自己，脫下眼鏡後有些模糊的世界，雙眼下緣因為睡不好而帶有的黑眼圈，在沒了鏡框的遮掩下原形畢露。

有些習慣不是不能改，我只是害怕做出改變。
有些東西的不變是好的，例如善良、例如承諾。
有些東西的不變是糟的，例如無知、例如懦弱。

她先是有些驚訝地說了聲：「好喔！」，接著稍微仔細地看了一下我目前的頭形，用手大略了解實際上的髮量，然後說明她大概會剪出什麼樣的新髮型，說不會和之前差異太大。看到我好像有些皺眉，又補了一句：「但還是會讓你看出差別啦，不用擔心！」

她開始剪之後，我們也開始交流分享彼此的日常。她說起兩個孩子的近況，說著雖然很可愛，但越來越懂事之後，開始往小惡魔的方向邁進，會抗拒她或爸爸給他們決定的事情，也說到照顧小孩，要給他們好的教育、好的環境真的很花錢。我則是談到這一、兩個月來公司的活動與聚餐，算是特別極端的一段日子，要嘛忙得要死，要嘛閒得發慌，幾乎沒有中間值。

「我看你黑眼圈很嚴重耶，雖然上次來的時候也有，但這次又深很多。是真的都要熬夜忙到很晚才能睡，還是有其他原因讓你睡不著？年輕歸年輕，睡覺還是很重要的，別這麼早就把身體搞壞了。」

「都有吧，有時候是忙，有時候是在想事情，我也不想這樣啊！」我帶點無奈的語氣回她。

「對了，你前女友前天才來找我補染髮色。她好像最近也滿忙的，感覺精神也不是很好，這一點你們倒是很有默契。雖然已

我們不適合

經過滿久的了，但她那時候跟我說你們已經分手了的時候，我真的驚訝到不行。我原本以為再過幾年就可以收到你們喜帖的說，結果……眼睛稍微閉起來一下喔。」她站到我眼前，準備剪前面的瀏海。

「我們還算是和平分手吧，沒有吵架、更沒有打架，就兩個人坐在一起，把話說開。相處了幾年，滿多部分磨合得很好了，可還是有那些沒有辦法忽視、卻真的不適合的地方，所以就還是只能分手。」閉著眼睛的我，已經可以輕描淡寫地說出這段過往，就算其實還在意，就算最近的失眠都還是因為妳。

　　想到妳開口說出「我覺得我們不適合」那刻，我總是想著，在那之前，妳是不是已經一個人傷過了好久好久的心，所以才能以那種好像已經毫不在意的口吻，好像妳說的理由是多麼正確，正確到我連傷心的情緒都不應該有、不應該質疑，只要去聽、去接受、去放手。

　　「我們從遇見、認識、相處，到現在交往這麼多年了，妳現在才覺得我們不適合，妳不覺得有點諷刺嗎？以前明明也有很多次，我們因為想法上的落差大吵一架，但是不都還是一起走到現在了嗎？為什麼妳就自己決定了這次我們不行了呢？」可能是太難受了，努力想壓住情緒卻還是讓說出來的話帶了利刺。

　　「我們的價值觀差太多了，不管是在錢的方面或是以後想要過的生活方式之類的，那些都不

我們不適合

是我們相互妥協，這次誰先讓一步、下次換誰讓一步就能改變的事情。你連花六百元剪頭髮都會心疼很久，就算你總是很捨得花錢在我身上，時不時都會想到我、給我買禮物，可是你現在做的工作，或是以後你真的去做了你想要做的事情、工作，都還是沒有辦法有能力給我一個穩定的家，就算我們一起努力，也很難、很難。我知道我們之間有愛，可是現實生活不是有愛就能解決一切，愛不能拿去繳帳單、不能拿去付房貸，它只能讓現在的我們覺得幸福，而我甚至懷疑那種幸福到不了永遠，你也沒辦法保證能夠愛我一輩子。」妳側過臉看向外頭的車水馬龍，我看著妳的側臉，做不出任何保證。

就算我說了，妳也沒辦法相信這樣薄弱的承諾，不是嗎？

所以「我們不適合」的意思，並不是在那一瞬間，妳真的不再適合我。

　　而是從那一刻起，妳不願意再和我適合。
　　有愛是很好的，可是只有愛是不夠的。

　　「你沒有錯，可我也沒有錯，我沒有在和你交往這段時間裡愛上其他人，以前沒有、現在沒有，過一陣子可能也還不會有。我沒有不愛你，我只是覺得該是時候愛得現實一點了，和我談過那種浪漫愛情的人是你，我很慶幸。可能不久之後我就後悔了也說不定，可我不會讓你知道，如果你知道了，也請你不要回來找我、不要回來再愛我，因為我會覺得自己很丟臉……」妳還是掉了眼淚，雖然一下子就被妳擦去，但一直看著妳的我還是發現了。

我們不適合

「好。」最後一次見面的最後一句話，我就
只說了這麼一個字。

　　妳一直都比我聰明，我希望妳不會錯，希望
妳不會後悔，希望下一次妳再愛上的那個他，不
會讓妳面對兩者擇一的困境，不只能給妳麵包，
也能給妳愛情。

「跨年沒意外的話，應該是待在房間裡睡覺吧。好聽一點叫跨年，不然不就只是一般的過夜嗎？都已經不年輕了，早點睡覺不好嗎？上班很累餒！」剪完頭髮、在附近吃完晚餐的我在捷運上回覆訊息，隨後打了個哈欠，剛吃飽總是特別想睡。捷運的鏡面映出新髮型的模樣，稍微有點不習慣，但還滿喜歡。

看著群組裡熱烈討論著跨年的活動安排，突然想起有關跨年的一件事，正確來說是關於一張卡片，一張兩年前妳送我的跨年卡片，信封裡還放著一坨衛生紙包起來的三根火柴，是妳在信裡說可以給我的三個願望，會盡妳所能幫我實現，但直到現在我都還沒用，沒能來得及用。

現在妳肯定是沒辦法幫我實現了，但我還是想給自己、給妳許下願望：一是希望我能開始睡得著、睡得好；二是希望我能認真誠實地面對自己的缺陷與感受，為自己想完成的事而努力；三是希望妳能幸福，不一定要比誰幸福，就只需要是妳想要的那種就好。

我們不再在彼此的幸福裡適合了，但至少，我們能夠適合在彼此的祝福裡。

隨著捷運的行駛、時間的前進，越是靠近目的地、越是接近深夜裡，上班時喝的兩杯黑咖啡好像也就慢慢甦醒過來，安靜地在體內鼓譟。白日裡需要它的時候，覺得它是良藥，苦口的事則發生在每個或許因它而睡不著的晚上，不被任何人知曉。

失眠的理由呀，說是因為咖啡因，比起說是因為想念，應該更像大人一點吧。

如果我把我自己的願望努力實現了，那一起許下的、給妳的，一定也就會被應許吧。

今晚我要早點睡，洗完澡後吹完頭髮、刷完牙，不滑手機就早點睡。

我們不適合

看不見自己的好

／ 溫柔

飛蛾撲火的時候
是不是也盼望過火的溫柔

是不甘心吧。

東區週六深夜裡的公車亭不算冷清，獨自站著滑手機或是和朋友閒聊等車的人不在少數，兩處座椅上也都坐滿了人。雖說是「滿」，其實也就只有四個人在位子上：一對年輕的情侶、一位老奶奶和一位目測和我差不多年紀的女孩。

情侶檔中的女生應該是有些醉意，在路燈與來往車燈的照耀下顯得臉色紅潤。她將頭枕在男生大腿上，或許因為不大舒適的關係，一直變換姿勢，嘴裡說著一些聽不明白的碎語。男生看來也有些倦意，幾次抬頭看是幾號公車來時都打著哈欠，他的動作不敢太大、溫柔緩慢，深怕不小心吵醒了正在休息的女友，偶爾輕輕地順手幫她理順有些凌亂的頭髮，望向她時帶著一臉的微笑。

老奶奶的行李很多，左側放著和她瘦小身子完全不搭的超大塑膠提袋，顏色繽紛搶眼，右側擺有一台貌似不鏽鋼製的小型推

車，底下是一些雜亂的衣物，上頭則是一個個飽滿的紅色塑膠袋，看不清楚內容物是什麼。不確定奶奶是在等車，或這是她今晚準備要休息的地方。

另一位女孩和情侶檔坐在同一張長凳上，並不在滑手機或是閉眼休息，而是彎著腰、整個身子幾乎就要弓在一起，一手放在約莫肚子處的位置，一手則是握緊了背在肩上一側的帆布提袋，白皙手背上的血管因為用力的關係變得明顯。一位原先站在稍遠處的陌生中年女子見狀便過來詢問了她的狀況、是否需要幫助，她維持著相同的姿勢，小聲但禮貌地回覆說自己沒事，說是生理痛，已經吃過止痛藥了，等一下就會舒緩許多，也向對方的關心道了謝。

其實我早就應該搭上車，離開這裡。

雖然我不想太早回家，覺得好不容易因為和朋友有約，把自己從跟泥沼沒兩樣的床上挖了出來，試著逃離已經持續兩天的糟

看不見自己的好

糕心情。洗了頭髮、化了妝、換上一身順眼的衣服，才總算人模人樣地出了門，不再當一團只會呼吸的肉。雖然是這樣的好不容易，可我還是不想在有著越來越冷趨勢的外頭吹風、還以為自己是社會觀察家。

能回到租屋處附近的公車有許多班，但停靠的地點不盡相同，多數在下車後得走上七至八分鐘的路程才能回家，只有一班會直接停靠在距離家門約莫五十公尺的熱炒店門口。

平時應該要顯示車班資訊與到站時間的 LED 面板恰巧故障了，屏幕呈現全黑的狀態。而我的手機正好放在後背包裡插著行動電源充電，想著反正還沒過末班車的時間，應該不會等太久，索性就懶得再拿出來查詢實時公車動態。

等待的第一分鐘，有一班能抵達我家附近的公車就已經來了，可是想到需要一個人走上那一段有點長的路，就決定先不搭上，刻意錯過。

／

等待的第四分鐘，連續有三班目的地相同的公車駛過，多考慮了大概五秒，還是想著要等最不需要走路的那班，所以依舊目送它們離開。

等待的第十分鐘，又來了兩班，周遭站著的人越來越少，情侶檔在男生的細心攙扶下，已經上了車離開現場。

心情變得有些浮躁，心想：「如果我搭上最一開始的那班車，那段七至八分鐘的路程，我現在應該已經走到一半，都快到家了吧。」但還是冀望著、或可以說是賭著殷殷期盼的那台車就快到了，既然都已經決定等了，就一定要等到它才行．

等待的第十三分鐘、第十六分鐘都各自來了一班，止痛藥似乎起了作用，生理痛的女孩帶著還是顯得蒼白的臉色，一個人步上了車。

我試著不去想得太多，但不免覺得有點後悔，甚至自我懷疑了

看不見自己的好

179

起來，會不會是自己記錯了末班車的時間？

事實上我並不著急，和一旁坐著不知道正在翻找著什麼東西的老奶奶一樣擁有著某種餘裕，我不趕著回家、不趕著去哪個聚會，沒有一個地方、沒有一個人在這個時候特別需要我，而我也同樣。

—— 或許有那種我特別需要的人，在這樣的時候，但不重要了。

我只是討厭浪費時間、討厭做錯選擇，討厭像是被誰丟下，又剩下我自己一個。

「是不甘心吧。」

總算在第二十一分鐘的時候等來了想要的那班公車，從前門上車，刷過悠遊卡後就逕自站在了司機右後方的位置，將背了很

久、開始覺得重的背包放在前方的平台上。

在緩緩駛動的車輛中呼吸，試圖吐去剛剛所有的後悔與焦躁，望向窗外流動的城市光景，也在玻璃鏡面中看見被車內燈光照出的自己。想起剛剛和朋友們聊到你時，他們共同對我做出的評斷，其實和等公車等到後來的自己也並沒有不同。

看不見自己的好

　　不是一定非要怎樣不可，明明有其他選擇的，只是不甘心吧。

　　不甘心都已經刻意錯過那麼多班車了，所以執著。

　　不甘心都已經被傷得很重了、已經這麼痛了，為什麼你還是不能回頭看看我？

看不見自己的好

「所以你們都已經快一年半沒聯絡，然後他前天突然跑回來找妳的原因，只是為了要跟妳確認你們是真的已經分手了？」坐在四人桌斜對角、唯一一位與會的男性友人邊涮著他的肉片，邊用不可置信的語氣問我。

與大學朋友們久違的晚餐聚會，在轉冷的天氣裡待在一起吃著火鍋，真是冬天裡最幸福的事。

雖然正在討論的是我可能有點悲慘的感情故事，有點像是原以為已經停更了的漫畫，作者突然硬又更新了劇情，但並不是要繼續，只是為了畫上一個他覺得更好的句點。

我喝了一口剛煮滾的火鍋清湯，有些燙到，皺著眉頭、伸出舌頭散熱的我點了點頭。

「他是還在撥號連線的時代是不是啦！也太 Lag 了吧！過了這麼久還特別回來問妳，是在確認心酸的喔？」男性友人現在

感覺比我還義憤填膺，我有點餓，只能顧著吃，暫時沒辦法繼續生氣或難過。

「妳怎麼還沒上社會版？他這樣對妳，結果妳居然連一巴掌也沒給他，也沒潑他水，甚至還跟他說掰掰，目送他上客運回家？」坐我旁邊的朋友比較晚到，桌上的火鍋湯還沒送來，她邊脫下身上米色的大衣、邊朝著我的方向開口。如果用四個字形容她的語氣跟看我的眼神，絕對只能是「怒其不爭」。

「欸不是，如果我動手的話，現在你們就得去看守所見我了好嗎？而且我這麼溫柔，你們也不是不知道，所以……」稍微撥了一下頭髮，用瀟灑的姿態綻露笑容，下場是收到三對白眼。

「妳那不是溫柔，就只是蠢，蠢到現在還喜歡他，又或者是妳反應太慢，慢到他都走了才想到應該要扁他一頓。」我正對面的朋友躡手躡腳地剝著剛煮熟的蝦子，同時像是剝開我的偽裝，毫不留情地開口，但她根本沒在看我。

看不見自己的好

兩天前，剛忙完一個廠商的急件，寄了幾個不同版型的設計圖過去，忙了一整個上午、早餐午餐都還沒吃的我，又累又餓地躺在床上等廠商回信。不確定時間過了多久，聽見手機的通知聲後驚醒過來，以為是廠商給了回覆，沒想到屏幕上顯示的是一個熟悉到不行的名字傳來的訊息。為了確認不是自己看錯、不是還在做夢，還揉了揉眼睛，用力捏了大腿一下，結果真的是你。

雖然只是冰冷的文字訊息，可是你打招呼的字句，卻毫不費力地讓我想起以為自己已經遺忘的東西、以為已經不在乎的感情，你的語氣、你說話的聲音、你的模樣都在那瞬間變得具體。

原來你一直都還在那裡，我一直都沒能忘記。

訊息裡你說你剛好上來台北找朋友，告知了你當下所在的地點，順便問我現在有沒有空。你說好久不見了，能不能出來見個面聊下天？

其實情緒有些激動，在強迫自己稍微冷靜下來一點以後，原先打算要故意地冷落你。並不是不想回覆，只是不想那麼快就回，像是在我們關係的後半段，我主動給你傳訊息，你可能過了五、六個小時以後才給我回覆，甚至也只是用個貼圖或「嗯」、「喔」敷衍我。那時候的我也會想著要學你，就晚一點回，哪怕我知道，你並不像我這樣在意。

「好喔，我去找你，大概二十分鐘左右能到。」

五分鐘內我看了手機的時間不下十次，終於還是點開、然後回覆，說出了早就已經想好的答案，幾乎沒有經過太多的思考就決定要去見你。好像又回到從前的那個自己，明明想著要讓你也嘗嘗等待的滋味，卻又忍不住像是一隻迫不及待想去找主人的寵物，那樣急迫、那樣懇切。

是你要找我，我卻覺得是我需要你。

看不見自己的好

- - -

匆忙地整理了妝容，帶上手機、鑰匙和悠遊卡後就出了門。在前往台北轉運站的路上不斷告訴，或是說服自己：「沒事，我只是去跟一個很久沒見面的朋友敘舊聊天，絕對不是因為我還喜歡，所以才這麼容易就答應。就算還有好感，也一定只剩一點點、一點點而已。」

在腦海裡模擬等等見了面的場景，要說些什麼？要擺出怎麼樣的表情？要裝作大器地來個久違的擁抱嗎？在角落的捷運座位上練習等等如何笑得自然，嘴裡念念有詞地設想開頭的第一句話，雙手因為緊張而手汗直流。

不確定是勝負欲作祟，還是偶像劇看得太多的原因，總覺得要讓你覺得我現在一個人過得很好，比和你在一起時還要好。我知道你早就已經不喜歡我、也不會擔心我過得好或不好，但我還是很在乎你對我的看法。心裡有個隱隱約約的念頭：

「如果見了這一面以後，我比以前的我變得更好了，你會不會再回頭來考慮我？會不會其實你也有那麼一點剩餘的好感，既然一年半前我們沒有明白地說要分開，我們是不是就還有機會回到最開始很好的時候？你會不會愛我如舊？」

看不見自己的好

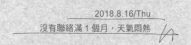
　　我們沒有人說了「分手」這兩個字，只是循序漸進地淡出了彼此的生活。

　　真正交往的時間算不上長，加上最後不斷吵架、冷戰的那段日子，也就才十個月左右。大約從剛滿半年的時間點開始，在各自的生活裡分別發生了許多糟糕的事，於是我們之間的相處開始變得不像是磨合，反而更像是看誰比較能忍。那陣子我因為工作上的事情忙得焦頭爛額，新產業的新創公司制度並不完善，老闆拖欠薪水、無故資遣同事等情況接連發生，整間公司被搞得烏煙瘴氣的。

　　或許是因為這樣，我沒能在顧及自己生活之餘，再花太多的心思去考量你的感受，遠距離加上年齡差，所以你才會又和前女友重新有了比較密切的聯繫，甚至還想去約炮等等。

因為這些事情所引發的爭執裡，你對我說過的不好聽的話、你的舉動、你不好的態度，我並不是不會受傷、不會在意。只是我總覺得當下關係都這麼差了，如果我還為自己去爭取一些什麼，好像就會讓情況變得更糟一點。我會想呀，也許等到你的情緒過去後，你會像以前那樣溫柔對我、真心地和我道歉、抱抱我，會很努力很努力再逗我開心，會對我更珍惜。

　　只可惜這些美好的想像，一件也沒有發生。

　　選擇原諒、努力試著不計前嫌，只為了想要和你繼續走下去，卻終究換不來你的誠心悔過，只換來你的一錯再錯。

　　自己對你來說，已經變成那種可有可無的存在時，其實比起完全被你丟掉還來得難受。不知

看不見自己的好

道自己還該不該為這段感情努力，也不知道該做些什麼才行。說真的，我怎麼會不想要回到從前那樣呢？可是你已經不愛我了，所以每一次我再想要討好你、努力愛你，我都感覺、感覺自己像是在傷害你，那樣力不從心。

明明我只是愛你、只是還愛你，你卻讓我覺得，是我做錯了事情。

太多太多的爭吵讓兩個人都疲憊，前一個問題都尚未得到解決，就有下一個引爆點再次出現。也或許當時在乎的人只剩我吧，只是我不願意承認，如果這樣去細想的話，我可能真的就撐不下去了。傳訊息的頻率從每天一次、到一個禮拜一次、再到一個月一次，最後完全失去聯繫，變得像是朋友，不聯絡的那種。

「嗨！好久不見，不好意思有點遲到！你是等一下就要回去台南了嗎？不然怎麼會在轉運站這裡？」

躲在一旁的柱子背後一會兒，平復了情緒、掌控好表情後，才鼓起勇氣走到坐在客運候車區正玩著手機遊戲的你面前。

要說你變了好多，好像也沒有，在人來人往的轉運站，我還是一眼就認得出你。只是頭髮剪得更短了些，顯得俐落成熟一點；只是穿搭風格變得有些韓系，最外頭的那件黑色大衣我從沒見你穿過；抖腳的習慣和你說了好多遍，你還是沒改；嘴唇在冬天乾裂得特別明顯，右下角有一黑紅的血塊，一定是你又動手去撕它才會流血。

你一直沒有養成喝水的習慣，如果不是去健身房運動、或是去打球，你不會主動想裝水來喝。我記得還在熱戀期的那個冬天，去台南找你時，在你家附近的那間康是美給你買了護唇膏，不是那種口紅狀的，而是凝膏的款式，得擠出一點點到嘴

看不見自己的好

唇上，而後將它抿開。在你房間裡示範該怎麼用的時候，一不小心擠得太多，讓我的嘴唇顯得有點太過水潤、油亮。正當我覺得困擾、想說還是乾脆全部擦掉重來一次時，你就吻了上來，但淺嘗輒止。

「妳剛剛擠了兩人份，不能浪費嘛！如果是用這種方式的話，妳幫我塗，我覺得我就每天都會記得塗護唇膏了喔。」你笑得特別燦爛，帶著點大學生該有的孩子氣，卻又顯得有些霸道的感覺，很是讓人心動。

你把行李放到了地上，讓我坐在你身旁的位置，氣氛有些尷尬。聊的都是些日常、但也疏遠的話題，像是工作場合裡與不熟同事之間的交際，靠得很近，卻感覺得到兩個人之間無法明說的距離。

「對了……有件事我想和妳確認一下，我們是真的分手了吧？因為之前沒有談過這個，只是兩個人感覺都淡了，妳那時候也

忙，所以好像就沒有特別把我們的關係確定下來。現在我有新的想追求的對象了，我和她有聊到彼此之前的感情，她覺得我需要和妳先埋清楚我們之間的關係，才能放心地跟我交往，她說她不想一不小心就當了小三，所以……我們已經分手了這件事，妳是同意的吧？」

在你要搭的車還剩下十五分鐘左右時，你才說了你真正約我出來見面的目的。那些話比起詢問我的意見，或許更像是你在提醒我、告誡我：「我們已經真的分手了，不管妳是怎麼想的、不管妳是不是還喜歡我，我都不在乎、也都不要告訴我，我要去追求我的幸福了。」

「對，分了啊，我們早就真的分手了啊。」

延續著從上一個話題遺留下來的禮貌性微笑，努力不讓你看出顫動的心情，心裡那點希望的火苗、以為或許可以復合的念想，終於還是被事實、被自己、被你給掐熄，一點也不剩。

看不見自己的好

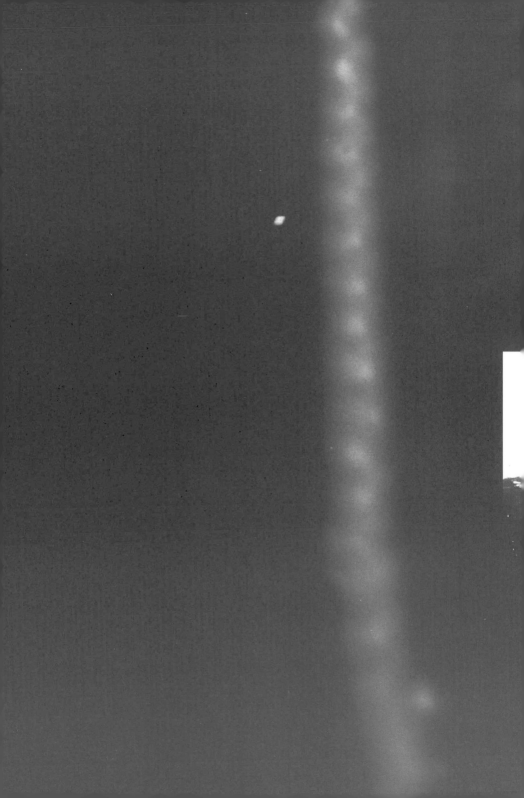

正常情況下，我都以為自己做好準備、認為自己足夠堅強，為自己建立好強韌而不透明的高牆，把所有不欲人知的自卑、脆弱、傷痕都藏在牆的這頭；而牆另外半邊，是在社群上、是在別人面前，好得無法想像的「一種自己」。

只是那樣的牆，擋得住外頭的風吹雨打、沮喪挫折，卻擋不住由內而生的東西，像是它天生就根植在那裡，一瞬間、就只是一瞬間，又回到某處熟悉的谷底。無法把那種感受單純地形容成是「悲傷」，因為準確來說，什麼也感覺不到，像是早已被挖空的冰淇淋桶，空洞、一無所有。

當我伸手觸碰自己、感知軀體，確認實質上的自己毫無變化，同時卻也確認有某些碰觸不到的地方，是自己的一部分，而我對那些自己，無能為力。

絕望，有時是很小、很小的事情：一句話、
一次見面、一個你，一遍、再一遍地失去。

看不見自己的好

你帶著讓你滿意的答案坐上車、離開了台北，我把一些東西丟在了對話發生的原地，是看不見、卻重要的那些，帶著不夠完整的自己也上了車。回家的路上哭了一場，收到廠商回覆 OK 的訊息還是繼續哭。接著就待在床上，整整難過了兩天，沒踏出過一次家門。

「我真的覺得我一定是 M ！明明他沒對我特別好，甚至還出軌、約炮，明明就被他傷得很重很痛，可是還是很喜歡他，莫名其妙地對他死心塌地，只希望他可以看著自己，整個就是被虐心作祟啊！」四個人都已經吃完火鍋，舒適地靠在椅背上繼續聊天，回頭看了下店內的狀況，只剩下我們這組客人。

「感覺妳是不甘心，因為不被喜歡，所以才更渴望被喜歡。」男性友人推了推眼鏡評論道。

「但如果把那些心情都只解釋成渴望，結果讓自己那麼受傷，又會覺得自己很蠢，所以就會很努力想告訴自己，那就是喜

歡。因為如果是為了喜歡而受傷，好像至少會好過一點。」旁邊的朋友手裡滑著 Instagram，不經意地說。

「至少這樣一來，妳再遇見其他覺得合適的、或是有好感的男生，也就不再會糾結於沒有正式分手這件事了。沒有希望了，也是另一種卸下重擔的感覺，他可以去愛別人了、他已經去愛別人了，所以妳也可以了。」對面的朋友拿出錢包，對著剛剛店員拿來的帳單，邊算著自己要付多少錢、邊開導我。

- - -

家裡客廳的燈亮著，一起合租的室友姊姊總會幫我留。自從我上次打算摸黑走回房間，但不小心撞到櫃子把她嚇醒後，她在我晚回來時總會幫我留盞燈，像是知道有人在等我。

輕輕地關上房門，卸下背包、把大衣掛進衣櫃裡，一個人站在全身鏡前面，仔細端詳自己的正面、側面，想了想朋友的話。

看不見自己的好

我可以去愛別人了嗎？用現在這樣的我，真的可以嗎？

我並不覺得自己可憐，不管是感情遭遇什麼狀況、或是工作上遇到的種種刁難，我都不覺得比起別人，自己會是特別值得同情的那個，但是無可否認的是，我一直都很自卑。

交往過兩任男朋友，每一次其實我都很認真地想和當下的那個人走到最後，以結婚為前提、也規劃好兩人之間未來的藍圖，所以可能吵架、可能爭執的很多時候，我都會想說：「如果我和這個人分開了，我還會遇到下一個適合我的人嗎？我還會再遇到下一個說喜歡我的人嗎？」這道理放到工作上也相同，我可能不喜歡當時的工作，可是當我真的離開了，我還能再找到下一份工作嗎？下一份工作就真的更適合我嗎？

對於這些問題的答案，我都不知道，也悲觀地無法相信自己。我沒有出眾的外表、身材也不好，兩任男朋友都嫌棄過我胖，個性老是這樣畏畏縮縮的，工作能力上嚴格說起來也很不足、

又愛斤斤計較，沒有那種特別突出的能力，也不知道要怎麼再和新的、陌生的其他人交往。

在充滿比較的世界，我覺得自己沒有資格被喜歡、被選擇。

我不知道別人是不是也和我一樣，但對我來說：
長大以後，看見自己的好，變成一件好不容易的事。

又一次回到陪伴了我兩天的床上，身體躺平、雙手將手機舉高置放在適當的距離裡，決定在去洗澡以前發一篇認真文，等洗完澡後就可以看看朋友的回覆：

「欸，我三十歲可能就不漂亮、不年輕、不像現在還有餘力可以想著要好好地談一場戀愛，所以可以趁現在多喜歡我一點嗎？我也會努力當一個讓自己更好的人的。」

所以多喜歡我一點，可以嗎？

看不見自己的好

25歲的這個我

／ 貪心

終會在寬闊的日子裡
發現自己愛得狹隘
掙扎於一杯日常的水
卻想求得更深的海
你能給的其實很多
但不適用在自己身上
道理總是淺顯
而我總是固執

上個週末迎來了雙子座流星雨、今年最後一場流星雨。

新聞報導寫著，桃園以南看到流星的機率較高，台北則因為多雲的天氣，可能得碰碰運氣。我不知道你看到相關的資訊了嗎？不知道你在意這些與現實生活無關緊要的事情嗎？也並不曉得你上週週末去了哪裡、回了家嗎？或是，和我一樣待在台北呢？

我們早就不是那種會彼此交換日常的曖昧關係，不是那種天真到以為感情等久了就會是自己的年紀了，我也不再是看到什麼就想和你分享、就有勇氣告訴你的那個自己。

那兩天的晚上，我故意花了比平常多一點的時間在外頭遊蕩，時不時望向天空，但還是什麼也沒看到。說不上太過沮喪，畢竟一開始就沒抱太多期待，先做好心理準備，面對現實時好像就不會那麼糟糕。或許是基準點的不同吧，從五十分的期待高度摔下來，比起從八十分落下就好上許多。

儘管結果都同樣讓人失望。

因為流星稍縱即逝，所以就算有很大的機率不會看見，我還是先想好了要許的願望，甚至怕自己一時緊張、興奮而忘詞，還將它們用筆記在手上。左手寫了暱稱和名字，有爸爸媽媽和你；右手寫著簡單的祝福，身體健康、平平安安和工作順利。

大概在十一月中旬，那陣子你頻繁地在限時動態上抱怨新工作的種種，並不是能力不足、無法適應新環境等自身問題，而是與自以為是的主管之間相處困境，以及對大公司裡層級分明所造成溝通效率低落的無力感。

你不會知道我對著相同的畫面思考了多久，想著該說些什麼來安慰你才好，打了又打、刪了又刪，比起大考時寫作文都來得謹慎。

在那則動態存在的二十四小時裡，我想過不下百種回覆，有些

簡單得會讓人覺得冷淡，有些則複雜得不像是一般朋友的關心，前者適合我們的關係，後者可能造成你的壓力。

後來我什麼也沒說，你隨後發的感謝大家關心的動態裡也並沒有我。那時候我偷偷覺得自己委屈，但感受到那樣的情緒後卻也認為自己好笑：「太貪心了吧！」就算做了很多事前的努力，像是某種無用卻必須的掙扎，最後沒傳出訊息，還期待你會了解我的心意。

對你，我可能總是太貪心了吧。

於是，我只是記下了你抱怨的這件事情，想對著流星，許一個願望給你。

其實還是會想對你很好很好，但太害怕我的好，你不想要。

　　一年又要過去了，年末時看到的很多東西，前面都會冠上「最後」兩個字，最後一場演唱會、最後一次下殺……不管是什麼，聽起來總是有些感傷。明明知道只是一種強調的說詞、明明知道明年還是會有，可還是帶有瀕臨盡頭的某種失落感。但至少這樣的時間是明確的，有著準確的期限或日程，相較於人與人之間的關係，來得清楚許多。

　　除去陰陽兩隔的情況，現在人們在最後一次見面，或彼此互道最後一聲晚安的當下，常常不會曉得那就是「最後」了。得要經過很久地不聯絡、很久地各過各的生活、很久地誰等著誰的主動、很久地兩個人心照不宣地沉默……而後在某天以為已經忘記了對方時，又因為朋友的突然提及，或是社群軟體的生日提醒，再回頭看，才能知道那確實就是兩個人相處的盡頭了。

不管曾經多好、多逼近幸福，都已經真的結束了。

我們有那麼多的方式可以聯繫上對方，可無論是你還是我，一個也沒用。

有著對方的電話號碼，卻一次也沒再打過；有著對方的 LINE，卻再也不傳訊息；有著對方的 Facebook，卻連按個讚都變得吝嗇；有著對方的 Instagram，卻連回個限時動態都得小心翼翼。

科技把我們拉得好近，只要按個鍵，好像一切都還有機會，就能再搭起兩個人之間的關係。可同時它也把彼此的心意看得好仔細，仔細到我只要手指往下滑動查看聊天記錄，就能發現我們從親密到疏離，仔細到我看得清自己的感情到後

來只能是你的壓力，仔細到我再提不起勇氣哪怕只是說上一句我想你。

　　從我認真告白後的那天起，界線就一天一天地變得清晰。有些話我想講、你不想聽，那我乾脆就不說了。我說了，得不到我想要的回答，不只是我會傷心，你也會覺得好像有那麼一點歉意，那我又何必？

　　我愛你、我想你，從來不是為了讓你覺得對不起。

到站鈴聲響起，車廂前頭的跑馬燈螢幕上寫著：「本站：台北」，緊接鈴聲後頭是熟悉的廣播女聲：「各位旅客，台北站，快到了。」

我坐在靠近窗邊的位子，快速回覆了手機上最新一則訊息：「我要先下車囉！晚一點有空再聊。」送出一個掰掰的貼圖後，將手機放進口袋，看著窗外畫面移動變得緩慢，直到停了下來。

「下車時，請您注意月台與車廂間的縫隙。」車內廣播仍繼續著，月台一側是竄動的人群，另一側則是斑駁的牆面，上頭貼有簡陋「台北」二字站名藍底白字的牌子。「下一站：松山。」在播放到英文版本的這一句時，車門在有些刺耳的「嗶」聲後打開，我雙手提著從家裡帶來的一袋冬季衣物、和爸媽非要我帶來的一堆堅果餅乾以及一床厚棉被，跟在一位穿著師大帽T、戴著黑色口罩的男生後面下了車。

在冬至的傍晚，再次回到這個住了 7 年的城市，帶著明天又是星期一、又得上班的憂鬱心情。

這週回家終於不再是為了要參加親戚或鄰居的婚禮了，單純地只是回去蹭飯、陪陪爸媽，再順便吃了湯圓和麻油雞，來個冬至進補。這個十一月有許多「宜嫁娶」的好日子，花蓮姑姑的小兒子娶了太太、樓下照相館的鄰居伯伯嫁了女兒，從小到大一直覺得又帥、書又讀得好的堂哥也在月底辦了婚禮。社群上追蹤的朋友或是網紅，也在十一月的各個週末不約而同地參加了各地點舉辦的婚宴。

有時甚至會驚訝地發現世界之小，兩個不同時期的朋友，一個高中同學、一個前同事，居然在同一個婚禮現場的不同角度拍照打卡。

雖然這些喝喜酒的紅包都不需要我出錢，但是在類似的場合，總會遇到一些「錢解決不了的問題」，例如來自同桌親戚的熱

切關心。

「在哪讀的大學啊？」「畢業了沒啊？」「現在在哪工作啊？」「有沒有交男朋友啊？」「什麼時候輪到喝妳的喜酒啊？」參加的每場婚禮，遇見的不同親戚，有些若沒有爸媽在一旁打Pass，我甚至都不知道該怎麼稱呼……姑丈、舅公、大伯母等。他們有興趣的都是相同話題，像是透過答案，我二十五年的人生就會、就能被定義出能被量化的價值——「適合被稱讚」或「需要再加油」。

類似就讀學校和工作職位等等爸媽知道的事，他們偶爾會幫著回答；而他們不知道的事情，關於我沒有一點動靜的感情狀況，他們同樣也好奇著我的答案。而每次我都只是笑著回答：「我還沒有男朋友啦！要喝我喜酒的話可能還要等滿久的，但可以先期待看看明年姊姊的婚禮呀！搞不好她明年就會答應她男友的求婚了。」把鍋丟給和男友穩定交往多年的堂姊，爸媽也接著幫襯說是緣分還沒到，完美地迴避可能的追問。

面對長輩時應對進退的禮儀，比起作為一種內建的美德而存在，更像是一種經驗的累積。透過每年過年期間及各種婚喪喜慶場合的不斷練習，進而能從腦海中挑選簡短但適合的部分事實來應答。其實不管是面對親戚、同事或朋友，依據接觸頻率、熟悉程度等，感情狀況這種像是自己收錄的 Spotify 歌單、手機瀏覽記錄一樣隱私的東西，對於不夠熟絡的人，不必也不想解釋得太多。

越是長大以後，以自身為圓心擴展出去的同心圓越來越寬闊。外圍的圓圈相當敞亮，和自己的關係很疏離。隨著日子前進，有很多原本在裡頭的人往外走了，多數都說不上是他們願意或我願意的，只是各自有了各自的新生活圈，如果沒有任何一方主動聯繫，兩個人就只會自然地，越來越遠。

同時，內圈的審核機制變得嚴格，認識的人很多，走得進去的人很少。

25歲的這個我

「做自己」這回事，在大人世界裡，還不完全算是一種都市傳說，只是很難找到人能讓自己願意真正放鬆地去訴說、去表達。摯友、閨密、曖昧對象，甚至是情侶，無論是和哪一種角色相處，好像都會保留某一部分的自己。不算是說謊，只是習慣性地用他們各自喜歡的面向的「我」來面對他們、說他們想要聽的話、用他們想要的方式相處。

「為什麼不誠實呢？」

說真的，其實大家並不那麼喜歡聽實話的，不是嗎？

我也試過完全地坦承、交出自己，但結果不如預期。

婚禮上的投影片，以照片、影片等形式記錄了兩人相遇、相愛的點滴，最後畫面上出現了一組數字「2952」，是雙方從交往開始直到當日的天數。

八年多的累積，終究結出了兩個人都期待的果實。未來的日子，他們就要用不一樣的身分但相同的深情，繼續愛著彼此。還是會因為一些雞毛蒜皮的小事而爭吵，還是會有價值觀不合的時候，可是相較過往，他們會更明白彼此之於對方的意義、與婚姻所帶來的責任，面對困難、挫折，會更堅定、會更確信將來的路都想這樣攜手一起。

「如果我要再去認識一個新的適合自己的人，然後和他交往、磨合八年才結婚，那時候我都已經三十三歲了，而且還是至少。」

參加完鄰居伯伯嫁女兒的喜宴，坐在爸爸開的車裡，看著車內後照鏡裡的自己，我突然這樣想著。

那時，廣播正在播放著林宥嘉版本的〈我愛的人〉。

　　其實我不知道要怎麼證明對你的感情是愛，
而不只是單純的好感、崇拜，或僅是對朋友的占
有慾什麼的。我只知道我不會刻意去背朋友的手
機號碼、我不會用手機記下朋友的一些小習慣、
我不會特地去查朋友居住地區的天氣、我不會想
到這東西朋友喜歡就送他，我不會每一次看到朋
友的訊息都開心。

　　這些不會，對你來說特別嗎？如果不是，你
能相信我愛你嗎？

　　我們認識十三年了，時間是我人生的一半再
多一點；我喜歡你十二年了，是我人生的一半再
少一點。

　　意識到這件事情時，連自己也覺得神奇，回
頭看會覺得那樣的自己很不可思議：一直以來都

是結果導向的自己，居然也會為了一件從未得到一定效果的事那麼努力。其實沒有不好，只是想一想還是有點苦吧。很努力想要了解你、喜歡你而不得你，最後還得更努力去遠離你、忘記你。

明明你也一直沒有交往對象、明明你也不算是討厭我、明明我也不會太差，可是你就是無法接受我。在告白以前，有好幾次我都用開玩笑的方式試探，說是假如我們真的交往了，不知道會是什麼樣子？不曉得朋友們會有什麼反應？你一開始並不想要回答這種假設性提問，只覺得沒有意義，直到後來我盧了很久，你才勉強給出答案。你說，我們太熟了，熟悉到已經錯過那個適合從朋友變情人的轉捩點，你說：「如果我們會在一起的話，早就在一起了，不會等到現在。」

那個晚上，我點的那盤義大利麵其實很好

吃，但我還是沒能吃完。到餐廳的洗手間短暫、靜音地哭了一場，用雙手掬水洗了把臉。在回到座位前，反覆在鏡子前面查看許久，不願被你發現有些紅腫的雙眼。

我不明白的是，為什麼我已經錯過了你說的那個轉捩點？為什麼你已經決定好了這一切？我怎麼知道得在這些年間的哪一個時間點和你坦白，你就會接受我的心意？

這些年的陪伴和努力原來什麼也不是，原來我早就錯過你了。

我們已經 25 歲了，還算得上年輕，但有好多事情總會覺得如果現在還不開始，就真的會來不及，可偏偏那些卻又都不是只要一個人努力，就能完成的事情。

不斷調整生活的時程，學著像是前些年很流行的一段話，嘗試安穩自己的心、走在自己的時區，把當下能做好的先往前挪，努力做到最好。至於剩下的就盡量不去在意，相信緣分自有其運轉的定律。

　　著急還是難免，但更多的可能是可惜吧。

　　25 歲的這個我，已經好不容易有自信可以配得上 25 歲的這個你。

　　可你不愛我，可你說我們已經錯過。
　　好可惜。

25 歲的這個我

剛搭上回租屋處方向的捷運，站在門邊、輕輕放下手拿的大包小包，轉動手腕、舒展手指時，手機突然震動了一下，是爸爸傳來的訊息，詢問是不是平安抵達台北了，訊息的最後還加了一句「謝謝，祝福您。」。

雖然看起來字數不多，可是爸爸得花上將近十分鐘打出這則訊息，除去視力問題外，更多的是對 3C 產品的不熟悉。相較於媽媽，爸爸已經算是比較上手，但還是有許多操作上的問題。因為平時不在他們身邊，所以沒有辦法即時地給予他們協助，只能靠晚上的空閒，在我打電話回家時，他們才能問我。

有些問題，在現場的話絕對算是簡單，但是一旦隔著電話教他們如何解決，難度瞬間提升許多。而且下班後、累積了一天工作的苦悶，又很容易變得不耐煩，常常會在掛斷電話以後，才後悔剛剛的態度應該要再好一些。

隔著螢幕很難將心比心地去理解他們的需求與困難，他們也想

要不依賴孩子，不麻煩孩子去為自己處理、解決事情。

可是時間是公平的，我們長大的同時，他們老了，新的產品很難自己就搞懂一切，很多東西沒辦法教一次就會。

25歲的這個我

　　我記得你說過，你覺得台北的時間過得好快，路上行人走路的步伐、車輛行駛的速度等等都特別快，大家好像都趕著去哪裡、或是趕著要完成什麼。這座城市的人們，不管是從其他縣市來到這裡求學、就職，或是原先就居住在這裡，對自己、對未來好像都有著一定程度的期待。同時，這座城市也用著它的標準在篩核著人們，工資、房租、物價，如果不夠努力、沒有能力，就無法在講求效率、講求實際成績的這裡生活。

　　「不一定每個人都會這樣想，但我覺得對我自己來說，我會給自己滿多壓力的。對於不管是在工作上，或是嘗試去做的、自己喜歡做的事情上，想要做出點成就讓別人看到，是很急迫的。我知道很多事情需要累積，只要時間夠、堅持下去就一定可以看到好的成果，可是我等不了、我不想等，所以在這裡、在這個時間點，我得更努

力才行。我沒有選擇在離家近的縣市工作，反而到了台北，我就覺得自己應該要做得更好。」

那好像是第一次，你讓我看見你脆弱的一面。我喜歡你上進、有企圖心的這點，但卻也擔心那樣太強烈的執念讓你鑽牛角尖。我沒有多說什麼，因為我知道自己改變不了你，只是偷偷把真心包裝在尋常的聊天裡，告訴了你：「可我覺得你已經夠努力了啊！你在我眼裡，一直都是最好的。」

當我們注重在自身的成就、工作上，或甚至只是專注地追求自己的愛情時，覺得台北的時間過得很快，於是急著想要趁著年輕完成、證明些什麼，卻忽略了身邊其實同樣重要的風景。在你的、我的生活以外，在台北以外，時間也用著相同的速度流逝著。

25歲的這個我

「以前我只要花半天的時間，就可以把二樓的房間和地板都擦過，結果現在用了半天，連一間房間都還沒擦完，真是糟糕！年紀有了，真的跟以前差很多了。」將頭髮盤起、包著透明浴帽的媽媽，拿抹布踩在板凳上試著擦去較高處牆角的灰塵與蜘蛛絲，邊和我聊天。

昨天週六，我們花了一整天在家打掃，再一個多月就要過年了，每年都得在差不多這時大掃除一遍。每個人都有分配各自的工作，爸爸擦樓梯、媽媽擦房間、我擦地板。我完成了我的部分後，就去協助媽媽，幫她扶著椅凳，將抹布重新過水擰過再遞給她。

聽了媽媽說的話，仔細地看了看她的模樣，她的白頭髮不知道什麼時候長了這麼多，臉上的細紋也變得明顯好多。爸爸的髮際線高、頭髮較少，但仍都烏黑。比媽媽要大三歲，而外表看起來並沒有特別年老的模樣。但是他的記性變得有點差，開始常常忘記媽媽交代的事情，然後受到一頓碎念。

爸媽老了，真的都老了。在我在台北讀書、工作的時候，時間公平地在我們身上都起了作用。只是對我來說，可以說是「長大」；對他們來說，卻是「衰老」。

時間對人、對事物的磨損，永遠不會只發生在自己所見所及之處，在平時不甚留意的地方，也同樣無聲地走著，從來不會因為一個人的不在意，就對誰偏心、能讓誰保有他人記憶裡最好的樣子。

「如果妳是老闆，妳會請我跟爸爸這種員工去工作嗎？做不了什麼事，這邊整理一下、那邊擦一下，都沒辦法一次弄完，但一天就過去了。」媽媽開玩笑地問了我這麼一句，在我們分別擦著房門兩側的時候。

「會！花錢請你們來，不工作都行，只要陪著我就好。」我笑著、但很認真地回答。

什麼都不做也沒關係，只要陪著我就好，一直陪著我。

- - -

歷經千辛萬苦，總算回到了我在台北的溫馨小窩。依序將棉被放到床上、將冬季衣物掛進衣櫃、將零食餅乾放到電視下方的置物櫃中，最後把那些用來裝東西的袋子摺一摺，收到床下的抽屜裡。

稍微打掃、整理完房間，打電話回家給爸媽報過平安以後，放鬆地坐在書桌前打開筆電，準備利用週末的最後一點時間追劇。突然瞥見書桌角落裡擺著的一本書，是任明信的《別人》。因為之前放在背包裡、帶著它到不同的地方重複翻過好幾遍的關係，所以有些摺痕，也顯得有些陳舊。

　　那個在大安森林公園共度的下午，在野餐墊上吃完簡單的中餐以後，我們就用著各自覺得舒適的姿勢或坐或躺地看著書，你看的是張西的《時時刻刻》，我看的正是那本《別人》。

　　或許是剛吃飽的關係，也可能是天氣太舒適了，我翻了幾頁後，睡意就席捲而來。隨手把書放到一邊，在閉上眼睛前，看了一會天空，雲走得很慢、天色湛藍。整個環境裡的雜音很多，籃球墜落地面的聲音、嬰兒哭喊的聲音、法鬥吼叫的聲音等，卻不會讓人覺得煩躁，而是有種莫名的和諧感。氣溫不算冷，但風有些大，於是你把你那天穿的米色薄大衣披在我身上，說是怕我感冒了、把罪責賴在你身上。在睡著以前的半夢半醒之際，最記得的是你在我身旁翻動書頁的聲音，讓我心安。

25歲的這個我

這段喜歡你的旅程，就算一直到了現在，我也從沒覺得浪費，有好多值得開心和留念的回憶，雖然最後的結果你還是不喜歡我。那些傷心抽絲剝繭以後，還會想起好多、好多關於你的好。向你告白時，你和我說的那句話，說我真的很好，我有聽進去喔，即便是哭著。

你知道嗎？我第一次這麼喜歡一個人，你和我說的那句話，我就覺得好像、好像像我這樣的人，也被找到了。所以像我這樣的人，也會被你這樣這麼好的人看到，就算得先這麼努力過。

再偷偷告訴你一件事情。

不曉得你知不知道，在天上也有一顆名為「台灣」的小行星這件事情？在今年 8 月 29 日的晚上 11:00，是它距離地上的這個台灣最近的時候，就算當時兩者之間依舊有著 2 億 7 千萬公里的距離，有點浪漫、有點悲傷，有點像我們。

它們最近的時候，還是那麼遠，可是它們誰也不會知道。

流星雨啊、小行星啊，其實都離我們的生活很遠，可不管是遙遠的星體、還是日常的讀物，每一件、每一件我都會想到你。

25 歲的這個我，想到未來還是會有點著急；
25 歲的這個我，時常都會不經意地想起你；
25 歲的這個我，還在試著喜歡這樣的自己。

25
歲
的
這
個
我

國家圖書館出版品預行編目資料

我在這裡擱淺：有人看到，但沒人知道 /
知寒作 . -- 臺北市：三采文化，2020.02
　面；　公分 . -- (愛寫；37)

ISBN 978-957-658-313-1(平裝)

863.55　　　　　　　　109001088

◎封面圖片提供：
　iStock.com / peart

suncolor 三采文化集團

愛寫 37

我在這裡擱淺 ──
有人看到，但沒人知道

作者｜知寒
副總編輯｜王曉雯　責任編輯｜徐敬雅　校對｜黃薇霓
美術主編｜藍秀婷　封面設計｜犬良設計　版型設計｜高郁雯　內頁編排｜徐美玲
行銷經理｜張育珊　行銷企劃｜陳穎姿

發行人｜張輝明　總編輯｜曾雅青　發行所｜三采文化股份有限公司
地址｜台北市內湖區瑞光路 513 巷 33 號 8 樓
傳訊｜TEL:8797-1234　FAX:8797-1688　網址｜www.suncolor.com.tw
郵政劃撥｜帳號：14319060　戶名：三采文化股份有限公司
初版發行｜2020 年 02 月 27 日　定價｜NT$350
　　3 刷｜2021 年 10 月 20 日